ふうふうつみれ鍋

居酒屋ぜんや

坂井希久子

時代小説文庫

角川春樹事務所

目次

居酒屋
ぜんや
地図
寛永寺
不忍池
清水観音堂
林家屋敷
（仲御徒町）
湯島天神
おえん宅
神田川
神田明神
酒肴ぜんや
（神田花房町）
浅草御門
昌平橋
筋違橋
お勝宅
（横大工町）
田安御門
菱屋
太物屋
（大伝馬町）
俵屋
売薬商
（本石町）
三河屋
味噌屋（駿河町）
江戸城
日本橋
京橋
升川屋
酒問屋（新川）
虎之御門

ふうふうつみれ鍋

居酒屋ぜんや

〈主な登場人物紹介〉

林只次郎《はやしただじろう》……小十人番士の旗本の次男坊。鶯が美声を放つよう飼育するのが得意で、その謝礼で一家を養っている。

お妙《たえ》……神田花房町にある、亡き良人《おっと》・善助が残した居酒屋「ぜんや」を切り盛りする別嬪女将。

お勝《かつ》……お妙の義姉。「ぜんや」を手伝う。十歳で両親を亡くしたお妙を預かった。

おえん……「ぜんや」の裏長屋に住むおかみ連中の一人。左官の女房。

重正《しげまさ》……只次郎の兄。お栄と乙松の二人の子がいる。

柳井《やない》……重正の妻であるお葉の父。北町奉行所の吟味方与力。

草間重蔵《くさまじゅうぞう》……「ぜんや」の用心棒として、裏店に住む浪人。

近江屋《おうみや》……深川木場の材木問屋。善助の死に関わっていた。

「ぜんや」の馴染み客

菱屋《ひしや》のご隠居……大伝馬町にある太物屋の隠居。只次郎の一番のお得意様で良き話し相手。

升川屋喜兵衛《ますかわやきへえ》……新川沿いに蔵を構える酒問屋の主人。妻・お志乃は灘の造り酒屋の娘。

俵屋《たわらや》の主人……本石町にある売薬商の主人。俵屋では熊吉が奉公している。

三河屋《みかわや》の主人……駿河町にある味噌問屋の主人。娘・お浜が只次郎を恋い慕う。

春告げ鳥

一

ホー、ホケキョ!

当代一の呼び声高いルリオが、餌《えさ》の催促をするかのように声を張る。

本鳴きの季節はやはり腹が減るのだろう。しっかり食べさせてやらねばと、林只次郎《はやしただじろう》は擂鉢《すりばち》で青菜を擂《す》る。

寛政《かんせい》五年(一七九三)、弥生《やよい》十日。雛祭《ひなまつ》りが終わり、桜もすでに散ってしまった。あとふた月もすれば、今年生まれたばかりの雛たちがつけ子として託されることだろう。ルリオには、まだまだ頑張ってもらわねばならない。

父の美声につられたように、三羽の雄《おす》の鶯《うぐいす》も立て続けに鳴く。只次郎は目を瞑《つぶ》り、その余韻を吟味《ぎんみ》した。

やはり、いい。ルリオほどの円熟味はないが、その若かりし日を彷彿《ほうふつ》とさせる声音である。

若鳥たちが本鳴きに入ったのは、忘れもしない初午《はつうま》の日の朝である。裏店《うらだな》の稲荷《いなり》の前で子供らに字を教えていた只次郎は、ルリオの声が二重になって聞こえた気がして顔を上げた。はじめのうちは音がどこかで跳ね返って届くのかと思ったが、そのうち三重になって聞こえだしたので驚いた。

違う、これは二羽以上の鶯が鳴いているのだ。そう悟ったとたん、只次郎は手にしていた棒切れを放《ほう》り出し、鶯たちのいる『ぜんや』の二階に向かって駆けだしていた。

あまりにも急いでいたので、階段に向こう脛《ずね》を打ちつけた。だが痛みに構ってなどいられない。間違いなく、才能を疑っていた雛たちが鳴いていた。しかも秋鳴きとは打って変わった、いい声で。

なぜ急に歌が上手《うま》くなったのか、鶯たちから聞き出せるはずもなく、本当のところは分からない。だが静かで広い林家の拝領屋敷を出て賑《にぎ》やかな町家に移ったことで、様々な音や話し声に触れ、耳が肥えたのではないかと思っている。

藪鶯《やぶうぐいす》が風の音や葉擦《はず》れ、時には空を引き裂く雷の轟音《ごうおん》を聞いて育つように、ルリオの子らは往来の賑わい、戸の開け閉《た》て、金物のこすれ合う音などで育った、いわば町鶯だ。そう思えばどことなく、鳴き声の中に垢抜《あかぬ》けた響きを感じる。

「そうか、お前たち。そうか、よくやってくれた」

ルリオの後継問題に頭を悩ませていた只次郎は、我知らず涙ぐんでいた。期待に応《こた》えてくれた雛たちに、手を合わせて礼を言った。

それからは大忙しだ。今年も評定側に加わるはずだった向島《むこうじま》の鶯の鳴き合わせの会に、急遽《きゅうきょ》出品者として参加した。その結果、順の一（一位）、東の一（二位）、西の一（三位）をルリオの子らで占めてしまい、市中の鶯飼いからは大いに顰蹙《ひんしゅく》を買った。

これにより、ルリオの子らと只次郎の名声は鰻登《うなぎのぼ》りである。神田花房町《かんだはなぶさちょう》の『ぜんや』には連日のように「鶯を売ってくれ」と目の色を変えた好事家《こうずか》が詰めかけて、おかげで店の売り上げにも貢献できた。そろそろどの若鳥を手元に残し、どれを人手に渡すかを決めねばなるまい。

鮒粉《ふなこ》を混ぜてよく練った餌を餌猪口《えちょこ》に盛り、順番に籠桶《こおけ》の中に入れてやる。喜びの歌を口ずさむ鶯たちの声を今一度聞き分けて、只次郎は「よし」と頷《うなず》いた。

やはり鳴き合わせの会の評定者は、皆いい耳をしている。

「ルリオの後継は、お前だ」

指を差すと驚かせてしまうから、目だけで命を下す。鳴き合わせの会で、順の一を取った若鳥である。

「お前の名は、今日からハリオだ。しっかり励んでおくれよ」

ずっと名無しでいた鶯に、ルリオの後継として考えていた名を与える。あとの二羽は譲られた先で、相応《ふさわ》しい名をもらえるだろう。

「それからお前はサンゴで、お前はコハク」

ついでに雌《めす》の若鳥にも名をつけた。飼い主の欲目かもしれないが、どちらも器量よしである。すでに飼い鶯の鳴きの調子が出ないと悩む好事家から、貸出の依頼が入っている。

はじめての試みゆえに、うまくいくかどうかは分からない。雌の気配にあてられて、雄鶯が発憤してくれるといいのだが。

「いいかい、しっかり愛嬌《あいきよう》を振り撒《ま》いて、男を惑わしてくるんだよ」

サンゴとコハクに言い聞かせている途中で、「失礼します」の声と共に背後の襖《ふすま》がスッと開いた。振り向くと、居酒屋『ぜんや』の女主人であるお妙《たえ》が、呆《あき》れ顔で座している。

「なにを教え込んでいるんですか、鶯に」

おかしなところを見られてしまった。「いや、違うんですよ」と、只次郎は中腰になる。

その慌てた様子に、お妙はふふっと笑みを零《こぼ》した。

「朝餉《あさげ》の仕度ができましたから、林様のご都合がよければ下りてきてください」

先ほどから、甘い米の香りがすると思っていたのだ。「行きます」と返事をするより先に、只次郎の腹が切なく鳴いた。

朝食は、蕪《かぶ》と山芋の粥《かゆ》に塩鰯《いわし》、蕗《ふき》の葉の佃煮《つくだに》だった。

蕪と蕪の葉を入れて炊いた粥に、鰹出汁《かつおだし》で延ばした山芋のとろろをかけてある。細かく刻んだ生姜《しょうが》も入っており、腹の底がじんわりと温まる味だ。塩気を控えめにしてあるので、焼いた塩鰯と実に合う。蕗の葉の佃煮を粥に入れて、途中から味を変えても面白い。

「はぁ、今日も旨《うま》い！」

お妙の飯を三食食べるようになってから、早くも四月《よつき》。我ながら、肌艶《はだつや》がよくなったと思う。裏店で共に寝起きしている草間重蔵《くさまじゅうぞう》を相手に朝の鍛練も続けており、指の先までみっちりと、体力が充溢《じゅういつ》している感じがあった。季節の変わり目にも咳《せき》一つ出ず、実に調子がいいのである。

「旨かった」

重蔵が箸《はし》を置き、軽く礼をする。食べ終わった皿の上には、鰯の骨さえ残っていない。この男もまた、健康そのものという顔をしている。

近江屋《おうみや》の件が片づいて、互いに張り詰めていたものが解けたせいもあろう。特に重蔵は、なにかが吹っ切れたようだ。その身にまとっていた陰が、ずいぶん晴れたように見える。

「ときに、お妙さん」

空いた茶碗《ちゃわん》に番茶を注《つ》いでもらいながら、重蔵は切れ長の目をお妙に向けた。

「拙者、『ぜんや』の用心棒を辞めようと思う」

「あら」

思いがけない申し出に鉄瓶《てつびん》の先が震え、零れた番茶が床几《しょうぎ》を濡《ぬ》らす。只次郎もぎょっとして、粥の最後のひと口で大いに噎《む》せた。

「散々世話になっておいて、悪いのだが」

「いいえ。それはいいのですが、どこか行くあてでも？」

浪人者の重蔵は、もはや国元に帰ることすら叶《かな》わない。江戸に来てからは危ない橋ばかり渡ってきたのだから、他に頼れる者もいないだろう。気遣わしげに首を傾《かし》げるお妙に、重蔵は頷き返した。

「近江屋の元に、戻るつもりだ」

「そんな。どうしてですか！」

気づけば米粒を飛ばして叫んでいた。重蔵が『ぜんや』を去れば、恋敵がいなくなって願ったりのはず。だが近江屋の元へ行くと聞かされては、気持ちよく送り出すこともできない。なにしろあの男は長年にわたり、重蔵を利用してきたのだから。

「先日、近江屋が飯を食べに来ただろう。そのころから考えていた」

近江屋がお妙の良人《おっと》、善助《ぜんすけ》を殺《あや》めたことを白状したのが、一月二十五日のこと。その場には吟味《ぎんみ》方与力《かたよりき》の柳井《やない》殿もおり、近江屋を死罪にすることは容易だった。

だがお妙が近江屋に科した罰は、月に一度、お妙の作った料理を食べること。

その程度でいいのだろうか。正直なところ、仕置きが甘すぎると感じている。それでも近江屋は毒でも盛られやしないかと案ずるあまり、真っ青になってやって来た。

お妙が出した料理は、只次郎たちが昼に食べたのとまったく同じもので、体に害があろうはずもない。近江屋はそれを箸の進みも遅く、砂でも嚙《か》むような顔つきでぼそぼそと食べていた。本来なら人を喜ばせ、笑顔にするはずのお妙の料理が、そのような扱いを受けているのは傍《はた》で見ていて悲しかった。

お妙もまた、料理を復讐《ふくしゅう》の道具にしてしまったことを悔いているようだ。唇を嚙み、箸を動かす近江屋を苦しげに睨《にら》んでいた。その苦しみは、近江屋への憎しみが形を変えたものでもある。そう覚悟して、受け入れているのが見て取れた。

「近江屋は、ずる賢い男だ。こちらの言いなりと見せかけて、なにを企《たくら》んでいるか分からぬ。だから拙者が見張り役として、始終張りついておくのだ」

「ですがそれでは、草間殿が危ないでしょう」

「拙者の身に変事あれば、すぐさま御番所に届け出ることになっていると脅しておけばよかろう。一度は拾った命だ。あの悪人とて、そう易々《やすやす》と捨てられはしまい」

にやりと笑う重蔵の目に、迷いはなかった。知らなかったとはいえ、善助殺しに加担してしまった罪を償いたいのだ。危険ではあるが、重蔵が目を光らせていてくれるなら、これほど頼もしいことはない。

「それに『ぜんや』には、林殿もおられることだしな」

期待の眼差《まなざ》しを向けられて、只次郎は思わず脇《わき》に置いた長刀の柄《つか》を握った。お妙さんのことは任せたと、瞳《ひとみ》の奥から語りかけてくる。惚《ほ》れた女を他の男に託そうとする、志と諦《あきら》めがそこにある。

腕に覚えはないものの、自信がないと言っては男がすたる。只次郎は顎《あご》を引くようにして、頷いた。

お妙に対して引け目があるのは、なにも重蔵だけではない。只次郎がお得意の旦那《だんな》衆を『ぜんや』に連れて来なければ、お妙が目をつけられることはなく、敵方に亡き佐野秀晴《さのひではる》の娘とばれることもなかった。お妙の父・秀晴は偶然にも、前から旦那衆とつき合いがあり、近江屋は、頻繁に集まっている彼らとその場所『ぜんや』を怪しんでいたのだ。

お妙を危ない目に遭わせてしまい、何度詫《わ》びても足りぬくらいだが、謝ることすらお妙に禁じられてしまったからには、身を挺《てい》してでも守り抜いてみせよう。体だけではなく、その笑顔まで、必ず。

「重蔵さん――。ありがとうございます」

お妙が微《かす》かに声を詰まらせる。瞳に涙の膜が張り、水晶のように光って美しい。その涙ひと粒で、重蔵は報われてしまうのだろう。惚れた女が自分のために流してくれる涙ほど、尊いものはこの世にない。

「なにか、召し上がりたいものはありませんか。せめてあちらに行かれる前に、好きなものを鱈腹《たらふく》食べて行ってください」

「なぁに、世話になったのは拙者のほうだ。それにもう、二度と会えぬというわけでもない。月に一度は、近江屋を伴って来るゆえにな」

「ですが――」

どうしても、お妙は今までの礼がしたいようだ。その一方で、重蔵はご大層に送り出されたくはない。

どちらの気持ちも、よく分かる。それならばと、只次郎はかねてから考えていたことを口にした。

「あの、近々『ぜんや』で鶯の譲渡会を開こうと思っていたんですよ。そのときの料理を、草間殿に決めていただくというのはいかがですか」

そういうことにしておけば、重蔵も遠慮してばかりはいられまい。当人がなにか言う前に、お妙が「いいですね。そうしましょう」と手を打った。

二

「俺《おれ》はね、こう見えてけっこう傷ついてんだぜ。まさか自分だけ蚊帳《かや》の外とはさ。あんたらとは、仲間だと思ってたのによぉ」

鶯の譲渡会は、六日後十六日の昼八つ半（午後三時）ごろからとした。その時刻ならば昼餉の客もすっかりはけているだろうと踏んでのことだが、見込みよりも早く来て、酒を飲んでいる者がいる。下り酒問屋の主《あるじ》、升川屋喜兵衛《ますかわやきへえ》である。

「そりゃあ俺は他の旦那衆と違って、お妙さんのお父《とっ》つぁんともご亭主とも面識がねえよ。だからってなにも、除け者《のもの》にすることはないんじゃねぇかなぁ」

空いたばかりの小上がりに座り、只次郎を摑《つか》まえて、頭から愚痴を浴びせてくる。近江屋の件が片づくまで、なにも聞かされていなかったのがこたえているらしい。

「べつにその、除け者ってわけじゃないんですよ。相手を油断させるためにも、近江屋さんとつき合いのある升川屋さんにはあえて真っ白でいてほしかったんです。それも目論見《もくろみ》の一つだったんですよ」

まさか升川屋が近江屋に加担しているやも知れぬと思っていたとか、その疑いが晴れてからも嘘《うそ》のつけぬ質《たち》ゆえ内密にし続けていたなどとは、とても言えたものではない。ことを荒立てぬよう、お妙の義姉《あね》で給仕のお勝《かつ》と重蔵は、口のうまい只次郎に応対を任せ、遠巻きに見守っている。

「言ってみれば近江屋さんにすべてを吐かせることができたのは、升川屋さんがなにも知らずにいてくださったからこそです。まさに陰の立役者なんですよ」

嘘八百を並べ立てているうちに、気持ちよくなって舌が回りすぎてしまった。さすがにこれは乗せすぎかと危ぶんだが、升川屋は「へへっ」と鼻の下を擦《こす》り、まんざらでもなさそうだ。

「なんだよ、まったく。林様も旦那たちも、人が悪いんだからよぉ」

升川屋が簡単な男でよかった。背後からお勝が重蔵に、「あの人、さっさとお侍なんかやめていかさま師になったほうがいいんじゃないかい？」と囁《ささや》くのが聞こえてくるが、知らぬふりだ。

「でもよ、その、大丈夫なのか。今日だって、いつもの旦那たちが集まるんだろ？」

しかし升川屋とて、頭の働きが鈍いわけではない。すぐさま表情を引き締めて、声を落とした。

自分たちが集うことで不都合が生じるならと、近江屋を遣《や》り込めたあの日以来、旦那衆は『ぜんや』に顔を揃《そろ》えぬよう気を配ってきた。お妙の料理が恋しくなっても、必ず日にちをずらしていたのである。

「それでしたら近江屋さんが『上の方』と、話をつけてくださいました」

昼餉の客の最後の一人を見送ってから、お妙が小鉢を手に近づいてくる。

「まだそんな小者に構っていたのかと、笑われたそうですよ」

そう言いながら、分葱《わけぎ》の酢味噌《すみそ》和《あ》えを小上がりに置いた。なんでもないふりを装ってはいるが、口元がわずかに引きつっている。

「上の方」にしてみれば、佐々木《ささき》様は功名心に逸《はや》っただけ。近江屋は気を回しすぎただけにすぎない。田沼《たぬま》派が幅を利かせていたころならいざ知らず、今となっては市井の医者でしかなかったお妙の父のことなど、すっかり忘れていたのである。

たとえ小さな居酒屋の亭主や鶯の糞買《ふんが》いが巻き込まれて命を落とそうとも、羽虫を叩《たた》き潰《つぶ》したほどの憐《あわ》れみもない。どうだ、お前たちなどその程度の者だ、悔しいかと、醜く歪《ゆが》んだ近江屋の笑みが物語っていた。

せめてもの意趣返しに、近江屋はお妙を泣かせてやろうと思ったのかもしれない。だがお妙は氷のような瞳で「そうですか」と返しただけで、相手の期待に応えてやらなかった。店を閉めてからお勝と二人、抱き合って泣いていたことは秘密である。

「ですからもう、こそこそしていてもしょうがないと思いまして」

気丈な女だ。それでもまだ微笑《ほほえ》みは痛々しく、只次郎の目には健気《けなげ》に映る。少し痩《や》せた首筋が儚《はかな》げで、真綿にそっと包《くる》んでおきたいような、愚かな庇護欲《ひごよく》が掻《か》き立てられた。

「なんだよ、ちくしょう。人を馬鹿にしやがって、腹の立つ野郎だな」

ことの顚末《てんまつ》をはじめて聞かされた升川屋が、ふざけてやがると悪態づく。心の中では、おそらく皆そう思っている。

「けっきょく『上の方』ってのは、あれだろ。まつだい――」

升川屋が挙げかけた名を皆まで言う前に、お妙が人差し指を立てて口元にかざした。

あの近江屋ですら、恐れて名も言えぬ相手である。他の客が帰った後とはいえ、そう易々と口にしていいものではない。

「すまねぇ。頭にちょっと、血が昇っちまった」

誰《だれ》がいつ、どこで聞いていないとも限らない。ご政道への批判と受け取られては、商売にも支障をきたす。升川屋はすぐさま発言を引っ込めた。

どことなく、気まずい気配が漂っている。それを打ち消すようにして、入り口の板戸が音を立てて開いた。やって来たのは薬種問屋の俵屋《たわらや》と、その小僧熊吉《くまきち》である。

「おや、久しぶりじゃないか熊吉」

主の俵屋を差し置いて、お勝が熊吉に声をかける。この子もすでに、十二のはず。しばらく見ないうちに、また大人びた。身丈はもう、ほとんどお妙と並んでいる。

「ええ。一月の藪入《やぶい》りは帰れなかったものですから」

声変わりもはじまっているようで、少し喋《しゃべ》りづらそうだ。俵屋の奉公人らしく口調に気を配ってはいるが、中身はやはり熊吉である。一月十六日の藪入りのころは、ちょうど近江屋を陥れる算段をしており不穏であったため、『ぜんや』への宿下がりは見合わせとなった。そのことに、文句をつけているのである。

罪滅ぼしのつもりで俵屋は、熊吉を伴って来たのだろう。近江屋の件で蚊帳の外に置かれ、腹を立てている者がここにも一人。熊吉は眼光を鋭くして、なぜか只次郎を真《ま》っ直《す》ぐに睨みつけてきた。

升川屋と俵屋が顔を揃えたあとは、さほど間を置かず、白粉《おしろい》問屋の三文字《みもじ》屋《や》、太物問屋菱屋《ひしや》のご隠居、味噌問屋の三河屋《みかわや》と、いつもの面々が集まってきた。

五人の旦那衆が一人も欠けることなく集まったのは、昨年四月の鰹づくし以来ではあるまいか。懐かしいほどの居心地のよさに、只次郎はのんびりと頬《ほお》を弛《ゆる》める。旦那衆もきっと、この平穏を喜んでいるに違いない。

と、思いきや。

「さぁてこの中で、ルリオの子を手にするのはどなたになるのか」

「なぁに、負けませんよ。金に糸目はつけません」

「おいおい、物騒だなぁ。ルリオの子三羽のうち、二羽を分けてもらえるんでしょう?」

「ほほっ。ということは、都合三人が泣く羽目になるんですね」

「まさかあんたら、また俺を出し抜いて、林様に袖《そで》の下なんぞ渡しちゃいねぇだろうな?」

小上がりで車座になるやいなや、火花を散らしはじめてしまった。

床几に控えている熊吉も、相変わらず只次郎を睨みつけている。

「兄ちゃんあんた、いつの間におばさんちの厄介になってんだよ」

旦那衆の気が逸《そ》れているのをいいことに、奉公人らしい言葉遣いも忘れ、恨み言を吐いた。

「変なことしたら、許さないからな」

「なんだよ、変なことって」

「着替えを覗《のぞ》いたり、寝込みを襲ったり――」

いったい自分は熊吉に、どういう人間と思われているのだろう。

「するわけないだろう」

とんでもないと首を振る。それでも熊吉は「ふん」と鼻を鳴らし、そっぽを向いてしまった。

久しぶりに和《なご》やかな酒が飲めると喜んでいたのに、やけに殺伐とした気配である。重蔵への餞別《せんべつ》代わりの宴《うたげ》でもあるというのに、これはまずい。

とそのとき、只次郎の内心の焦りを察したかのように、二階の内所から胸のすくような美声がひと声、「ホー、ホケキョ！」と響き渡ったものだから、一同天井を見上げてうっとりと目を細めた。

「これは、ルリオですかな」

「ええ、この余韻はまぎれもなく」

「おっと、また鳴いた」

「これはハリオではないですか。律音がルリオよりほんの少し高いんですよ」

ルリオとハリオの声の違いは、素人が聞いても分からない。巷《ちまた》の鶯飼いですら、二回に一度は間違えるだろう。それをしっかりと聞き分けて、堪能している旦那衆はさすがの趣味人である。

これだから、大事なルリオの子を託そうと思えるのだ。他にも「譲ってくれ」という依頼は降るようにあったが、すべて断ってしまった。どこの馬の骨ともつかぬ男に娘はやれぬという、父親のような気持ちである。

だが困ったことに、旦那衆は思い違いをしているようだ。真実を伝えるといっそうぎすぎすしそうだが、このまま黙っているわけにはゆかない。

「あのぅ、すみません」

意を決して、只次郎は恐る恐る切り出した。

「盛り上がっているところ悪いんですが、皆さんにお分けする鶯は、一羽のみとなります」

「なに？」

「どういうことです。雄の若鳥は、ハリオの他にあと二羽いるはずでしょう」

「まさか死んでしまったとか？」

案の定、血走った目を一斉に向けられた。誰も彼も、ルリオの子を獲得せんと必死である。

「ご安心ください、生きています。でもあの、すでに約束をしておりまして――」

どうすればこの鶯狂いたちを納得させられるだろうかと、頭を働かせる。ところが妙案が浮かぶ前に、思わぬ客が来てしまった。

「すまぬ。少し遅れてしまったな」

『本日貸切』の紙が貼《は》ってあったはずの板戸を無遠慮に開けて、笠《かさ》を深く被《かぶ》った二本差しが入ってくる。その正体が分からず旦那衆は揃って首を傾げているが、只次郎は額に汗を掻いた。

「柏木《かしわぎ》殿、なぜここに？」

譲渡会があることは伝えていたが、この男を誘った覚えはない。

顎紐《あごひも》を解《ほど》き菅笠《すげがさ》を脱ぐと、柏木は殺気立った場にそぐわぬ爽《さわ》やかな笑顔を見せた。

「約束の鶯を引き取るついでに、譲渡会の様子を拝見しようと思いましてな」

そのひと言に、旦那衆がざわめく。日頃《ひごろ》からつき合いのある自分たちを差し置いて、この男が鶯を掠《かす》め取ってゆくのかと、目つきが尖《とが》った。

それでも相手はお武家様だ。あからさまに文句をつけるわけにもいかず、菱屋のご隠居が遠慮がちに問うてくる。

「こちらはいったい、どなた様で？」

柏木に、身分を隠す気はなさそうだ。小上がりの旦那衆に実直な眼差しを向け、自ら名乗った。

「勘定《かんじょう》奉行、久世《くぜ》丹後守《たんごのかみ》の用人《ようにん》、柏木と申す。以後お見知りおきを」

まさかそんな人物が乗り込んでくると、誰が見通していたことだろう。旦那衆は申し合わせたかのようにのけ反ったあと、「これはこれは」と頭を低くした。

三

二階の内所から、鶯の籠桶を二つ下ろしてくる。まだ名のついていない二羽だ。人の大勢いる所に連れてこられて驚いたのか、鶯たちはしばらく沈黙していたが、落ち着くと自慢の喉《のど》を存分に披露しだした。

「ふむ、こちらをもらおうか」

柏木は目を瞑って二羽の鳴き声を吟味してから、左の籠桶を手に取った。

鳴き合わせの会で、東の一（二位）を取ったほうだ。もう一羽とは、鳴き声に優劣があるわけではない。聴く者の好みしだいである。

「よぉし、よし。愛《う》い奴《やつ》じゃ。お前の名はタマオとしよう。我が殿の御為《おため》に、いい声を聴かせてくれよ」

さっそく籠桶の障子窓を外し、中の若鳥を愛《め》でている。名前まで、すでに考えていたようである。

「あれはずるいぜ、林様」

升川屋が寄ってきて、苦い顔で愚痴をこぼした。相手が時の勘定奉行とあっては、いくら金を積んでも敵《かな》わない。

微笑みを絶やさぬままに、俵屋が言いづらいことをさらりと口にした。

「まぁ言ってみれば、賄賂《わいろ》ですからねぇ」

「ひ、人聞きの悪いことを」

只次郎はただ絶句するばかり。申し開きのしようもない。たしかにこれは、賄賂である。

柏木と久方ぶりに顔を合わせたのは、先月の鳴き合わせの会である。ルリオの子らが上位を占めてしまったせいで、柏木の鶯は三幅対《さんぷくつい》の右（四位）に甘んじた。手塩にかけた鶯が負けたのだ。さぞ悔しかったに違いないが、柏木は目を輝かせ、ルリオとその子らを褒めそやした。

一度はルリオを欲し、諦めた経緯のある男だ。声のよい鶯を手に入れたいという欲が、再燃してもおかしくはない。いつぞやと同じく会の翌日に只次郎を訪ねてきては、

「三羽のうち一羽を譲ってくだされ」と、手を合わせたものである。

替えの利かないルリオとは違い、若鳥ならば断る理由がない。それでも只次郎は頭の中で計算を働かせ、ある条件を持ち出した。

「姪御《めいご》を奥御殿に上げるための口利きを願い出るとは、まったくもっていやらしい」

「しょせんは欲にまみれた男ですよ」

「ああ、恐ろしい。次は姪御様を利用して、世にのさばる腹積もりでは？」

柏木に面と向かって不平不満を訴えられないものだから、旦那衆は寄り集まって只次郎の悪口を囁き合う。聞こえよがしにもほどがある。

「なんです、もう。姪はまだ八つですよ。奥勤めと言っても、部屋子です」

以前から、姪のお栄《えい》に大奥勤めをさせてみてはどうだろうかと考えていた。本人も乗り気のようだが、伝手《つて》がない。かくなる上は金を積むかと覚悟していたところへ、柏木のこの依頼である。言いかたは悪いが、これを利用しない手はあるまい。

雛祭りの祝いに実家を訪ね、相談してみたところ、兄嫁のお葉《よう》は「あの子に務まるでしょうか」と不安げだったが、兄重正《しげまさ》はすっかりその気だ。林家の家督を継いだばかりで、鼻息が荒くなっている。家を盛り立ててゆこうと意気込むのはいいが、その熱意が空回りせぬかと心配である。

「ともあれ鶯は、あと一羽」

「誰の手に渡っても、恨みっこなしですよ」

五人のうち、鶯を手にして笑えるのはただ一人。旦那衆は額を突き合わせて睨み合う。「金に糸目はつけない」と言っているとおり、彼らが競り合えばたった一羽の鶯に恐ろしいほどの値がつくことだろう。

「あの、熱くなっているところに水を差すようで悪いんですが、鶯の値は一両。それ以上はいただきません」

只次郎は手を叩き、注意を促す。一両でもかなりの高値だが、旦那衆は拍子抜けした顔をしている。おそらく十両、二十両、下手すりゃ百両は出す心積もりだったのだろう。

「なんだって。それじゃあいったいどうやって、飼い主を決めるんだよ」

解《げ》せぬ、と言いたげに升川屋が整った顔をしかめる。他の旦那衆も似たようなものだ。

「落ち着いてください。ここは『ぜんや』ですよ。まずは飯でも食べましょう」

促すと、待ち構えていたかのようにお妙とお勝が折敷《おしき》とちろりの酒を運んできた。旦那衆の輪からは外れて膝《ひざ》を寛《くつろ》げている、柏木の前にも料理が置かれる。

「拙者もよろしいので？」

「ええ、もちろんです」

少しはあてにしていたのだろう。柏木は「ありがたい。拙者、豆腐が一番の好物ゆえ」と相好を崩す。

「豆腐と筍《たけのこ》のうま煮です」

片栗粉をまぶしてサッと揚げた豆腐と筍を、鰹出汁で煮含めたものである。出汁と醤油《しょうゆ》、それから胡麻油《ごまあぶら》の香ばしいにおいが鼻腔《びこう》をくすぐり、さっきまで騒いでいた旦那衆が急に大人しくなった。

床几に座る熊吉と重蔵にも同じものが供されて、誰からともなく箸を取る。はふっと升川屋が息を洩《も》らしたのは、熱々の豆腐を丸ごと口に含んでしまったせいか。

「はぁ、このとろりとした衣がなんとも」

「出汁をよく吸うんですよねぇ」

「豆腐から滲《し》み出た胡麻油が筍にも風味を添えて、旨いのなんの」

只次郎、三文字屋、三河屋が、続けざまに口角を持ち上げる。旨いものを食べて、笑みが零れぬわけがない。

「筍に、ちっともえぐみがないですね。朝採れですか」と、尋ねたのはご隠居だ。

「ええ。頼んでおいた棒手振《ぼてふ》りさんが今朝届けてくれたのを、すぐに大根のおろし汁に漬けまして」

「大根！　米ぬかではなく？」

俵屋が箸で筍を摘《つ》まんだまま、目を丸くする。

「ぬかを使わなくても、大根のおろし汁に水と塩少々を加えたものに、半刻《はんとき》（一時間）ほど漬けておくとアクが抜けますよ」

「ほほう」

感心した声を上げたのは、床几に座る重蔵だ。浪人暮らしが長いぶん、筍くらいは自分で茹《ゆ》でたこともあるのだろう。

「ですからこの筍、下茹でせずに出汁で煮ただけです」

「なるほど、だからこんなに風味が強いんですね」

林家の台所でも、この時季になると大鍋《おおなべ》で筍を茹でている。アクを抜くため米ぬかを入れて長い時間煮込むので、風味も多少は抜けるだろう。この筍はこれまで食べてきたものより遥《はる》かに、鼻に抜ける香りが強い。

「ふむ、豆腐もよいが、筍もよい。お妙さんの料理には、まったく驚かされますなぁ」

柏木もまた、タマオを脇に据えて上機嫌。この男にも、今日は気持ちよく飲み食いして帰ってもらいたい。

旦那衆のちろりは瞬く間に空になり、次の料理と共に酒が運ばれてくる。小鉢に盛られているのは、賽《さい》の目に切られた緑色の和え物である。

「なんですか、これは」

おっかなびっくり鼻を近づけ、においで分かった。青臭いが清々《すがすが》しい、この香りを知っている。

「木の芽ですか」

「はい、木の芽味噌です」

白味噌、味醂《みりん》、煮切り酒、砂糖を加えてよく練り、細かく刻んだ山椒《さんしょう》の葉を混ぜ込んだものだという。さてその和え衣で、なにを和えてあるのかというと。

賽の目になったひと切れを箸で摘まみ、口の中に放り込む。シャキッとした食感のあとに、野性味あふれる爽やかな香気が立ち昇った。やや癖がある、この味は。

「独活《うど》ですね」

「烏賊《いか》だ！」

「おや、また筍」

只次郎と熊吉、三文字屋の声が重なった。なにごとかと顔を上げ、目を見交わす。なぜこんなにも、意見が分かれるのか。熊吉はともかく、三文字屋の舌が鈍いわけがない。

「どれも正解です」

お妙はくすくす笑いながら、空いた盃《さかずき》に酒を注いで回る。

「いわば三種和えですな」

ご隠居の口元にも笑みが戻った。

すべてが緑に染まっているせいで、別々の素材が合わさっているとは思わなかった。箸を進めてみると、烏賊はサッと火を通しただけの柔らかさ。筍の歯応えも実にいい。

「こりゃあ旨い」と、ますます唸《うな》らされてしまった。

「それにしても筍が二品続きましたね。今日はもしかして――」

いち早く、俵屋が本日の趣向に気づいたらしい。

「はい、筍づくしです」

お妙は笑顔で答えて、頷いた。


重蔵の好物といえば鰹だが、初鰹にはまだちと早い。他に好きな物はないかと尋ねたところ、「三月か」と呟《つぶや》いてから、「筍」と答えたものである。

筍はその名のとおり「竹の子」、天に向かって真っ直ぐに、すくすくと育つ。それだけの生命力があるのだから滋養にも富み、門出を飾るに相応しいと思われた。

近江屋さんの元に戻っても、どうかお元気でいてください。そんなお妙の真心がこもった、筍づくしである。

派手に見送られたくはないという当人の願いにより、重蔵が近々『ぜんや』を去ることはまだ秘密にしてある。そっと床几のほうを窺《うかが》うと、近江屋相手に共に戦った旦那衆と飯を食べるのが嬉《うれ》しいのか、引き締まった印象のある重蔵の口元が軽く綻《ほころ》んでいた。

恋敵と目し、疎《うと》んじたこともある男なのに、去ってゆくとなると寂しい。四月もの間、四畳半の裏店で共に寝起きし、同じ釜《かま》の飯を食ってきた。情けない姿も見せられたが、その腕っぷしを頼みにしていたのもまた事実。これからは一人でお妙と『ぜんや』を守らねばならないのだと、只次郎は気を引き締めた。

ところが鶯の行方《ゆくえ》で頭がいっぱいな旦那衆は、そこはかとなく漂うしんみりとした気配に気づかない。木の芽の三種和えを平らげて、次の料理が供されるまでのわずかな隙《すき》に、三河屋が不審の声を上げた。

「林様、もったいぶらないで早く教えちゃくれませんか。もしや、心の中ではすでに譲る相手を決めておられるのでは？」

「いいえ。それでしたらお忙しい皆さんをこうして集めるような、迂遠《うえん》な真似《まね》はしませんよ」

「まさか、殴り合いでもして決めろってか？」

升川屋の発想はいささか乱暴だ。只次郎は「なぜそうなるんですか」と苦笑する。

「金の力でも腕っぷしでもなく、話し合いで決めていただきます」

そう告げると、旦那衆は揃いも揃って狐《きつね》につままれたような顔になった。構わず只次郎は先を続ける。

「酒を飲みつつゆっくりと語らって、誰が一番飼い主に相応しいか、納得のいく方を選んでください」

金で選べば際限がないし、こちらから指名すれば遺恨が残る。それを機に旦那衆の仲がこじれても困ると思い、考えだした苦肉の策だ。自分たちで決めるのだから、只次郎は誰からも恨まれまい。

「口八丁な、あんたらしい思いつきだねぇ」

空いた皿を下げにきたお勝が、そう言って呆れたように首を振った。

四

筍づくし、三品目はみぞれ汁を張った器に、揚げたてのがんもどきらしきものを沈めてある。彩りに花山椒が添えられた、春の椀《わん》である。

ご隠居が真っ先に椀を手にし、じっくりと中を覗き込む。

「ほほう、ここで大根おろしを使いましたか」

「ええ。澄まし汁でもいいんですが、大根おろしがたくさんできてしまったので」

アク抜きのためにおろし汁を作れば、当然おろした大根が余る。それを活用したわげだ。

「がんもどきに、刻んだ筍を混ぜ込んだものと見受けた！」

柏木が膝を打ち、只次郎もそんなところだろうと見当をつける。だがさくりと箸を入れ、驚いた。感触が、がんもどきのようにふわりとしていない。そもそも豆腐と筍ならさっきも食べた。似たような料理を、お妙がまた出してくるだろうか。

見たところ、練り込んである具は黒胡麻のみ。ひと口大に切り分けて、口に含む。ほっくりとした、筍の味がする。

「丸汁《がんじる》と言います。筍の根本のところを擂り下ろしてから、片栗粉と塩、黒胡麻を混ぜて揚げました」

「うっまぁ！」

お妙の説明を聞きながら、喜びの声を上げてしまった。硬い根本の部分が擂り下ろされたことで口当たりがよくなり、黒胡麻の香ばしさがまた後を引く。一本の筍を余すところなく使おうとする工夫が、このような美味を生むのだ。

「ううむ、これはうちの台所方にもぜひ作らせよう」と、柏木も唸っている。好物の豆腐料理ではなかったが、すっかり感服したようだ。

「これは、揚げたてに塩だけつけて食べても旨そうですねぇ」

「だがみぞれ汁の、油を含んでもなお涼やかな口当たりも捨てがたい」

「花山椒が余韻をキュッと引き締めてくれるのもいいですよ」

旦那衆もまた、負けじとばかりに料理を褒める。旨いものについては、ひとくさり語らねば気が済まない食いしん坊たちである。

「花といえば、うちにはハナという名の鶯がいるんですが」

みぞれ汁を残さず飲みきり、箸を揃えて置いてから、切り出したのはご隠居だった。

「可愛《かわい》い奴です。雛から育てたのは三羽目ですが、最もよく鳴いてくれました。餌にも好みの塩梅《あんばい》がありましてね、私が作ったものでないと食べてくれないくらいです。林様もご存じですよね。あれはルリオよりも年長ですが、まだまだ色艶がいいでしょう。鳴き合わせの会に出せば、今もそれなりの位を取ると思いますよ」

ややかすれた声で、語り聞かせるように喋る。自分がどれだけハナに手をかけ慈しみ、その健康に気を配ってきたかを主張しておきたいらしい。

「ですがあれもいい加減、隠居させてやりませんと。あと一年か二年かは分かりませんが、余生をのんびりと過ごさせてやりたいんですよ。皆さんの鶯は、たしかまだお若いでしょう？」

愛鳥の老いを惜しみ、目に涙さえ溜《た》めて見せる。とどのつまり、後継に悩む自分に若鳥を寄越せと言っている。さすが、歳《とし》の数だけ面の皮を重ねた大商人である。

「いや、でもさ。ハナよりご隠居のほうが先にぽっくり逝《い》っちまうかもしれねぇだろ。そんとき若鳥はどうすんだよ」

しかし、遠慮を知らない若い世代もここにのさばっていた。盃を口元に運びつつ、升川屋が茶々を入れる。

「失礼な。わたしゃ、まだぴんぴんしておりますよ」

「だけど、いつなにがあるか分からねぇ歳だろ。その点、俺なんかはまだ三十路《みそじ》。先が長いぜ、なぁ林様」

「なにをおっしゃる、お前さん。子が生まれるときに、死なれでもしたら縁起が悪いって、鶯をうちに預けてたじゃありませんか。二人目ができてもどうせ、そうするんでしょ？」

これは痛いしっぺ返しだ。升川屋は、ご新造のお志乃《しの》にもはや頭が上がらない。子のために鶯道楽をやめてくれなどと言われたら、聞かざるを得ないだろう。

升川屋とご隠居が、互いに睨み合ったまま黙り込んでしまった。剣呑《けんのん》になった場を取りなすように、お妙が「お待たせしました」と四品目を運んでくる。

ふわりと風が起こり、お妙の甘い体臭と、焦げ目を思わせる香ばしいにおいに心が宥《なだ》められる。それぞれの膝先に並べられてゆく折敷に、皆目が釘付《くぎづ》けになった。

「焼き筍、ですか？」

小振りの筍をただ焼いて、縦割りにして盛りつけたもの。では、決してない。だからこそ三文字屋も、首を傾げているのである。

二つ割りにした筍の真ん中がくり抜かれ、色とりどりの具が詰められていた。ほんのりと赤いのは海老《えび》を叩いたもの、黒っぽいのは木耳《きくらげ》、白いのは鱈《たら》のすり身か。くり抜いた筍も細かく刻み、混ぜ込まれている。

「筍羹《しゅんかん》です」

お妙は春の日差しにも負けぬ微笑みを浮かべ、料理の名を口にする。筍の中をくり抜き、卵白でまとめた具を詰めてから、皮つきのまま竈《かまど》に放り込んで焼いたという。皮の中でじわじわと、蒸し焼きにされてでき上がったのだ。

「ああ、その皮を自分で剝《む》いてみたかった！」

皮を剝くと同時に、閉じ込められていた筍の滋味に満ちた香りが湯気と共に立ち昇る。その様を思い描き、只次郎は身悶《みもだ》えをした。

「すみません。熱かったものですから」

客が火傷《やけど》をしてはいけないと思い、剝いておいてくれたのだろう。お妙の指先に目を走らせると、恥じらうように赤く染まっていた。

箸で切れるものではないので、三河屋がさっそくかぶりつく。シャクッと小気味のいい歯音がした。

「うぅん、旨い！」

先を越され、只次郎も慌ててあとに続く。

「ふほっ！」

ひと口含んだとたん、思わず笑ってしまった。なんだこれは。筍と木耳はこりこり、海老と鱒はもっちりと、嚙むごとに一体となってゆく食感が面白い。筍自体に味はついていないが、具の塩気を強くしてあるので充分だ。互いの風味と旨みが混沌《こんとん》となって、只次郎を夢心地に連れてゆく。

誰も彼もが目を瞑り、鼻の穴を膨らませる。言葉を失わせるのもまた、旨いものである。

「筍羹といえば、私は羊羹《ようかん》が好きなのですが」

ほとんど無言で筍羹を食べ終え、酒でいったん口の中を洗ってから、三文字屋が話しはじめた。羊羹にかぎらず、甘いものが好きな男だ。こういった集まりでも、なにかしらを持ってくることが多い。

「虫歯にならないよう、歯磨きは入念にしているんですよ。歯が汚いと、甘いものが悪者にされてしまうでしょう」

なんとなく分かるような、分からないような理屈だ。話の行きつく所が見えないので、只次郎は口を挟まず先を促す。

「ときにうちは白粉問屋ですが、鶯の糞も扱っておりましてね。洗面具として珍しくもないはずですが、やはり中にはいらっしゃるんですよ。そんなものを顔に塗りたくるなんて信じられないと嫌がるご婦人が」

そう言って、三文字屋は雅《みやび》やかに笑う。鼻の横のホクロがまるで、生きているかのようにひくひく動いた。

「ですから店にすこぶる声のよい鶯がいたら、鶯そのものに惚れ込んで、糞が汚いなどと思わなくなるのでは」

「そんなものは、こじつけだ。どんなに声がよかろうと、出すものは一緒でしょうよ！」

聞いていられないと言わんばかりに割り込んだのは、三河屋である。

「ああ、糞は糞だな」

「むしろ尻《しり》からひり出す様を見て、よけいに嫌になるんじゃありませんか？」

升川屋とご隠居も、うんうんと頷き合う。

三河屋は赤黒い顔をいっそう赤くして、異を唱えた。

「しかもなんだい、ルリオの子を金儲《かねもう》けの道具にしようってぇ腹なんですか。私なんかはね、ただもう純粋に鶯が可愛くって、朝な夕なに愛でたいというだけですよ」

「嘘おっしゃい。一昨日《おととい》うちに来て言ってたじゃありませんか。いつもお内儀さんや娘さんたちにばかり散財されるから、たまには自分もどーんと使ってやるんだって。ルリオの子は渡さないって」

「な、なんですって。そんな馬鹿な」

三文字屋の家で酒を過ごし、喋ったことを忘れたらしい。慌てふためいているところを見ると、それこそが三河屋の本心だろう。

「まあ、怖い怖い。なにごとも、お金でどうにかなると思ってらっしゃる」

「本当に、いくら積むつもりでおられたのか」

ご隠居と三文字屋が、わざとらしく囁き合う。

「いや、あんたらだって似たようなものでしょう！」

手拭《てぬぐ》いで汗を拭いながら、三河屋が叫んだ。

「いやはや、天下の大商人たちの争いは醜うござるなぁ」

高みの見物の柏木は、酒が回ってきたのか腹を抱えて笑っている。忠義ひと筋と思いきや、なかなかくだけたところのある男だ。世間を広く見なければ、久世家の用人など務まらないのかもしれぬ。

「さて、これで四人は見込みがなくなった。残るはそこもとだけですな」

柏木が、物静かに座す俵屋に目を向ける。ひっそりと微笑み返す俵屋は、なにやら余裕ありげである。

「盛り上がってるとこすまないね、次の料理だよ」

まだあるのか。お勝が旦那衆を押しのけるようにして、次の品を置いてゆく。筍の皮が敷かれた皿には、ぎょろりとした目の魚と筍の煮つけが盛られていた。

「眼張《めばる》です」

お勝に続いて両手で皿を運んできたお妙が、赤みがかった魚の名を告げた。

五

赤い色が鮮やかな薄眼張は、筍の出る季節に美味《おい》しくなるので「目春」とも書く。

鯛《たい》に匹敵するほどの美味と称される身は淡泊ながら脂《あぶら》が乗って、炊き合わせた筍の風味がほんのりと移っていた。

しかも江戸風の甘辛い味つけで、酒が進む。気づけば目の前が空のちろりばかりになっており、さらに追加で五合頼んだ。旦那衆の置き徳利の酒が、軒並み空になったようである。

俵屋がぼそぼそと語りだしたのは、腹も落ち着き、そろそろ行灯《あんどん》に火を入れようかという頃おいだった。

「そういや眼張は、蟇蛙《ひきがえる》の化身とも言いますねぇ」

ぎょろりと目の突き出た姿が、蛙を連想させたのだろう。たしかに昔の書物には、そのように記載されている。

「蟇蛙といえば首や肩のところから出る汁が生薬《きぐすり》として使われるわけで、有名なものがガマの油でしょうか」

だんだん薬種問屋らしい話になってきた。俵屋は穏やかな声でゆっくりと喋るので、つい聞き入ってしまう。

「ガマの油売りの口上はご存じですか。なんでも筑波山《つくばさん》でしか捕まえられない四六のガマという霊力を持った蟇蛙がおりましてね、そいつは自分のことを今業平《いまなりひら》と信じているんです。それを鏡張りの箱の中に閉じ込めておくと、さぁどうなる。己の醜さに驚いて、脂汗をたらりたらりと垂らすんですよ。その汗を集めて煮詰めたのがガマの油、というわけなんですが」

ガマの油を売る香具師《やし》なら、只次郎も浅草観音《あさくさかんのん》あたりで見たことがある。血止めの作用を示すため、刃を潰した刀で腕に偽の傷を作り、サッと拭《ふ》き取ってしまうあれである。言ってみれば詐欺だが、口上にも上手い下手があり、上手い者だと聞き惚れて、買ってもいい気にさせられるのだ。

「あれをはじめて聞いたときは、酷なことをするものだと思いました。ガマもきっと、業平なみの美形と信じて生きていけたら幸せでしたよ。なのにたかだか油ほしさにまことの姿を突きつけられて、目を逸らすことさえ許されない。魂が、じわじわと死んでゆく心地がするでしょうね。人の業の深さというものです」

そこまで語り、俵屋はいったん酒で喉を潤す。この話がどのようにして鶯に繋《つな》がるのだろう。心待ちにして控えていたが、口をつぐんでしまった俵屋が続きを話しだす気配はない。

「長々と喋ったわりに、なにが言いたかったんだい！」

ここいらで一服とばかりに足を止め、小上がりの縁《へり》に凭《もた》れていたお勝が皆の気持ちを代弁した。

もうすっかり酔っているのだ。俵屋自身も、なんの話をしているのか途中で分からなくなってしまったらしい。

「どうなさった。どなたも不適当ではござらぬか」

これではわざわざ譲渡会の様子を見にきた甲斐《かい》がない。柏木は残念そうに一同を見回し、一滴も酒を飲んでいない重蔵に目を留めた。

「そこもとは、どう思われる？」

「えっ！」

まさか声がかかるとは思っていなかったのだろう。久世家用人に話しかけられ、重蔵はあきらかに舞い上がっている。

「せ、拙者は、鶯など野に返してやればよいと思うておりますが」

「ふむ。だが一度人に飼われた鳥は、もはや野には戻れぬでしょうなぁ」

その通り、と只次郎も頷く。特にルリオの子らは、卵のころから籠の中だ。自力で獲《と》らねば餌さえないことを、理解する前に死んでしまう。

該当者なし。こんな結末は、只次郎とて予期してはいなかった。さて、どうすべきか。もはや恨みっこなしの籤《くじ》取りで決めてしまおうか。

頭を悩ませていると、柏木が首を伸ばし、熊吉にまで問いかけた。

「そこな子供は、どう考える？」

俵屋の奉公人という立場をわきまえて、大人しく飯を食べていた熊吉である。発言の許可を求めるように、一同をそっと見回した。瞼《まぶた》を半ば閉じた俵屋が顎を引いたのを合図に、「僭越《せんえつ》ながら、申し上げます」と、いっぱしの口をきく。

「蟇蛙を苦しませて鶯を飼い殺しにする、人の業はまことに深いものと思います。どれだけ声がよくたって、野に暮らせない鳥は哀れ。私ならせめてもの罪滅ぼしに、うんと愛してやることくらいしかできぬでしょう」

うんうんと、只次郎は頷きながら聞いていた。熊吉の成長ぶりに、お妙が目を潤ませている。小さな生き物に思いを寄せ、大人たちよりよっぽど立派なことを言ってのけた。

小僧相手にも柏木は、惜しまず手を叩いて称《たた》える。

「感心、感心。これは決まりではござらんか、林殿」

「しかし熊吉に、一両は払えぬでしょうから」

「しょうがない、それなら私が出しましょう」

戸惑う只次郎に、さっきまで眠たげだった俵屋が、身銭を切ると申し出た。どっちつかずだった若鳥の行く先が決まったことで、旦那衆もほっと肩の力を抜く。

「いやこれは、とんだ番狂わせで」

「まさか、熊吉にしてやられるとはなぁ」

口々にそう言って、寛いで酒を飲みはじめた。

どことなく腑《ふ》に落ちないのは、只次郎だけだろうか。若鳥が熊吉のものになるのはいいとして、その熊吉は俵屋の者。ひいては俵屋が若鳥を手に入れたということになりはしまいか。

まさかはじめから、これを狙《ねら》っていたのでは。けろっとした顔で盃に口をつけている俵屋に、疑いの眼差しを向ける。

「まぁ、いいじゃありませんか」

背後から聞こえた囁き声に振り返ると、お妙の微笑みがそこにあった。

たしかにこれが、俵屋の戦略だったならあっぱれである。どのみちこの五人のうちなら、誰の手に渡っても構わないとは思っていたのだ。

只次郎が苦笑いを浮かべると、お妙の笑みがいっそう深くなる。

「では、そろそろ筍ご飯が炊き上がりますが、皆さんお腹《なか》に空きはありますか」

もう充分飲み食いしたというのに、締めの飯まで筍とは。

只次郎は両の拳《こぶし》を握りしめ、意気込みを表明した。

「空きを作ってでも食べます！」

熊吉のものとなった鶯は、その場でヒビキと名づけられた。どのような名がいいかと悩む熊吉の耳に、「たとえば、そうですねぇ」と考えるそぶりをしながら、俵屋が吹き込んだのだ。

名前まで用意していたのなら、間違いない。熊吉を使うのは、俵屋の策である。あの意見はいかにも熊吉が言いそうなこと。勝気な性格だから、誰かにちょっと水を向けられただけで喋るだろう。その役割を、たまたま柏木が果たしたわけだ。

旦那衆は暮れ六つ（午後六時）過ぎまで飲み、口では「残念だった」と零しながらも、和やかに帰っていった。酔いが醒《さ》めてから俵屋にしてやられたと気づくかもしれないが、そのころにはただ滑稽《こっけい》なだけになっている。笑いながら「ちくしょう」と呟く、四人の姿が目に浮かぶようだった。

柏木もまた充分に満足したらしく、「例の件は、任せてくだされ」と請け合ってくれた。籠桶の中のタマオに「よしよし、帰ったらすぐ漆塗りの籠桶に移してやるからな」と語りかけており、只次郎の元にいるより鶯の待遇ははるかによさそうだ。

「よろしくお頼み申します」と、只次郎は二重の意味を込めて腰を折った。

「お妙さん、どうもありがとうございました」

客がはけ、後片づけをはじめたお妙に真っ先に礼を言う。鶯を巡って不穏な場面はあれど、美味しい料理のおかげで乗り切れた。あれで旨いものも酒もなかったらと思うと、ぞっとする。

「いいえ。こちらこそ、ありがとうございます」

ところがお妙まで只次郎に向き直り、深々と礼をした。

「久しぶりに皆さんが集まって、美味しい美味しいと召し上がってくださったので、なんだか救われました」

懸命に作った料理を近江屋に、鬱々《うつうつ》とした顔で食べられたのが、やはりこたえていたのだろう。本人はあまり気づいていないようだが、お妙は根っから、人を喜ばせるのが好きなのだ。

「また近いうちに、皆さんで集まりましょう。そういやお志乃さんにも、しばらく会っていませんね」

「ええ、本当に」

お妙がお志乃に会えるよう、升川屋に頼んで取り計らってもらおう。女同士は細やかな所に手が届く。息子の千寿《せんじゅ》の愛らしさも、癒《いや》しになることだろう。お妙を元気づけるためなら、とことん周りの力を借りる所存だ。

重蔵もまた、長身を持て余すように近づいてくる。

「林殿、お妙さん、拙者も礼を言う。今日は楽しかった」

「そんな。こちらこそお世話になりました、重蔵さん」

「草間殿、私からもありがとうございます」

気づけば三人で輪を作っていた。共に危地を潜《くぐ》り抜けた者同士が持つ、一体感に包まれる。近江屋の元に行っても、重蔵とは常に繋がっている。そういう気がした。

「なんだい、あんたら。礼ばかり言い合って、気味が悪いね」

湿っぽいのが苦手なお勝は、小上がりの縁に浅く腰掛け、煙管《きせる》を吹かしている。

只次郎は体をずらし、わざと輪を崩して一人分の空きを作った。期待を込めて、お勝を見遣る。

「いや、アタシはやんないよ！」

そう突っぱねてから、お勝は吸い込んだ煙で盛大に噎せた。

授かり物

一

息の詰まるような時が、やっと終わる。

出入り口へと向かう肥えた背中を睨《にら》みつけ、お妙は前掛けを握りしめる。憎しみに我を忘れてしまわぬよう、ぐっと息を押し殺す。他の客のように、戸口まで見送ってやりはしない。だってあの男は、決して客ではないのだから。

「じゃあまた来月な、近江屋さん！」

小上がりで膝《ひざ》を寛《くつろ》げていた升川屋が、気さくに声をかける。まるで子供同士の他愛ない約束であるかのようだ。近江屋はぴくりと肩を震わせたものの、振り返りはしなかった。

「お妙さん、大事はないか」

近江屋の後に続こうとしていた草間重蔵が、お妙の傍らで足を止めた。気遣わしげな眼差《まなざ》しを注がれて、自分は今よっぽどひどい顔をしているのだろうと頬《ほお》を揉《も》む。

「ええ。重蔵さんこそ、お変わりはありませんか」

重蔵は、すでに近江屋の用心棒に収まっている。かつて嫌で逃げ出したその立場に、自らの意思で戻ったのだ。

「ああ。拙者は用心棒としては、どこに行っても重宝されるのでな」

珍しく冗談めいたことを言う、重蔵の顔に陰りはない。痩《や》せた様子も見受けられず、お妙は安堵《あんど》の息を吐《つ》く。

「でも、お気をつけて」

「平気だ。では、また来る」

表から近江屋の、怒鳴り散らす声がする。迎えに来た手代に、八つ当たりをしているのだ。いつも抜け目なく愛想笑いを浮かべていたあの男にしては、ずいぶん余裕がない。重蔵が目付役としてぴたりと張りついているせいで、気が抜けないのだろう。

お妙がそうあれと望んだように、近江屋はすり減ってきている。目の下がどす黒く染まっているところからも、その様子は窺《うかが》える。だからと言って、手放しに喜べることではない。

重蔵のたくましい背中が戸口の向こうに消えてから、お妙は手近な柱に手をついた。

柱には『千早《ちは》や振《ぶ》る卯月《うづき》八日は吉日よ、かみさけ虫をせいばいぞする』という、達筆の躍る紙が貼《は》られている。

今日がまさにその日、めでたい灌仏会《かんぶつえ》である。

朝のうちに給仕のお勝が小石川伝通院《こいしかわでんずういん》にまで足を延ばし、お釈迦《しやか》様の唯我独尊像に注がれた千歳茶《あまちゃ》をいただいてきた。その茶で墨を磨《す》り、右の文句をさらさらと紙に書きつけたのは林只次郎である。これを家の柱に貼っておくと、毒虫の害を避けることができると言われていた。

近江屋が来ると分かっていて、こんなものをこれ見よがしに貼ってしまう。浅ましいかぎりだわと、お妙は己に呆《あき》れて首を振った。

「お疲れさん」

肩をぽんと叩《たた》かれ、首を巡らす。お勝がちろりを手にして立っている。

「ほら、あっちの旦那たちがお待ちかねだよ」

小上がりのほうを顎《あご》で示し、燗《かん》のついたちろりを手渡してくる。菱屋のご隠居、升川屋、そして只次郎が、案じ顔でこちらを見ていた。

良人《おっと》の敵《かたき》である近江屋と、毎月顔を合わせるのは辛《つら》い。朝から仕込んで丁寧に作った料理を、いかにも不味《まず》そうに食べられるのも辛い。だがあの男より先に、自分が音を上げてどうする。

ひとまず笑え。気持ちは後からついてくる。

お妙は小上がりに向かって、にっこりと微笑《ほほえ》みかけた。少なくともこんなふうに、心配して様子を見に来てくれる人たちがいる。それはたしかに、幸せなことに違いなかった。


「お妙ちゃん、悪いけど麦湯を一杯くれないかい」

近江屋たちが帰ってしばらくすると、裏店《うらだな》に住むおえんが額に汗を浮かべてやってきた。いつものように勝手口ではなく、表からである。どこに行っていたのか、ずいぶん歩いてきたようだ。

「その声は、おえんさんか。見違えたなぁ、おい」

小上がりの升川屋が、盃《さかずき》を取り落としそうになっている。そういえばこの二人が顔を合わせるのはずいぶん久しぶりだ。

「ふふん。惚《ほ》れちゃいけないよ」

おえんは軽く胸を反らし、冗談を返す。顎の下に溜《た》まっていた肉が、もうすっかり取れている。以前は歩くのも難儀なほど肥えていたのに、変わるものだ。床几《しょうぎ》に腰掛けても、きしむ音がしなくなった。

「今日はどこまで行ってきたんですか」

お妙はおえんに、麦湯の入った湯呑《ゆの》みを手渡してやる。子ができやすい体を作ると決めてから、おえんは毎日歩いていた。

「灌仏会だからねぇ。まず浅草観音に行って、芝《しば》の増上寺《ぞうじょうじ》まで足を延ばしてきたよ」

「それはお疲れ様ですね」

歩く距離も、ずいぶん延びたものである。目方が減って、動きやすくなったようだ。

「そういやさっき、近江屋さんたちとすれ違ったよ。来てたのかい?」

「ええ、まぁ」

「重蔵さん、本当にあっちの用心棒に収まっちまったんだねぇ。やっぱり金払いがいいんだろうか」

近江屋が犯した罪についても重蔵の経歴も、おえんにはなにも知らせていない。重蔵が金につられて雇い主を替えたと思い込み、唇を尖《とが》らせている。弁明してやることもできず、お妙は曖昧《あいまい》に微笑んだ。

「でもあの人、こっちにいるときはなんだか陰気な感じだったけど、さっきは妙にすっきりした顔してたよ。なにかあったのかい?」

意外に鋭い。どう返したものかと言葉に詰まる。

「あっ、やっぱりあったんだね。寝込みを襲われでもしたんだろ」

そうだった。おえんの想像は、色恋にばかり傾いている。ほっとするやら呆れるやらで、お妙は額に手を当て息を吐く。

「どうりでねぇ。急に近江屋さんのところに行くなんて、おかしいと思ってたんだよ」

否やを言わずにいると、話が勝手に進んでゆく。もはやそう思わせておいたほうが、真実を告げずに済んでいいのかもしれない。

「違いますよ。草間殿はそんな人ではありません」

ところが只次郎は、黙っていられなかったようだ。いつもは要領がいいくせに、変なところで真面目《まじめ》である。

案の定、おえんが目を輝かせて食いついた。

「なんだい、まさかお侍さんが恋の鞘当《さやあ》てに勝ったってのかい？」

「なっ、なにを言うんですか」

酒の酔いも手伝って、只次郎は首まで真っ赤に茹《ゆ》で上がる。あまりの狼狽《ろうばい》ぶりに、庇《かば》うのも忘れてつい笑ってしまった。

「まさか林様、ここの内所に上がり込んでいるうちに――」

「なんだよ、隅に置けねぇなぁ」

事情を知っているはずのご隠居と升川屋までが、只次郎をからかいだした。二人とも、まったく人が悪い。

お勝がついに、懐から煙管《きせる》を取り出しながらおえんを窘《たしな》めた。

「ちょっと待ちな。考えてもみなよ、おえんさん。この林様が、重蔵さんに競り勝てると本気で思ってんのかい？」

「ああ、言われてみればそうだねぇ」

重蔵の引き締まった面差しを頭に思い浮かべたか、おえんはいとも簡単に引き下がる。

「なんでしょう、なぜか釈然としないものが」

只次郎がそう言って情けない顔をするものだから、お妙は思わず吹きだしてしまった。

重蔵と只次郎では、まったくもって毛色が違う。互いを比べてどちらがいいとか悪いとか言えるものではない。そう思うのだが、どうにも笑いが止まらない。

「ほら、お妙ちゃんもその通りってさ」

「ひどいなぁ」

口ではそう言いつつ、只次郎も目を細めた。

無理をして微笑まずとも、自然と笑顔になっている。人との繋《つな》がりこそ、なによりありがたい。おえんがなにも知らずにいてくれることは、ささやかな救いでもあった。

「ところでアタシ、お昼を食べそびれちゃったんだよね。お妙ちゃん、奴《やっこ》でも出しておくれよ」

「まぁ、おえんさん」

「分かってるよ。目方を減らしたいんなら、塩梅《あんばい》よく食べなきゃだめってんだろ。でもさ、なんとなく体がだるくて食が進まないんだよ」

まさかおえんの口から、「食が進まない」という言葉を聞く日がくるとは。小上がりの面々も、目を丸くして驚いている。

「大丈夫ですか、風邪《かぜ》ですか」

試しにおえんの額に手を当ててみる。少しばかり熱い気もするが、歩いて帰ってきたばかりだからかもしれない。

「平気さ。口当たりのいいものなら食べられそうなんだ。お願いだよ」

「分かりました。お待ちくださいね」

お妙は調理場に入り、水に放っておいた豆腐に包丁を入れる。さらにさっぱりと食べられるよう、薬味は茗荷《みょうが》と大葉にしよう。豆腐を笊《ざる》に上げて水切りをしている間に刻み、手早く盛りつける。

「ううん、これこれ。やっぱりお妙ちゃんの奴は格別だね」

たいした手間もかけていないのに、これだけ喜んでもらえればなによりである。

「そうだ、お願いと言えば、俺《おれ》もお妙さんに頼みがあるんだ」

すでに飯を終え、独活《うど》の醬油漬《しょうゆづ》けで酒を飲みつつ、升川屋が顔を上げた。

この男の頼みといえば、なんとなく想像がつく。

「お志乃のことなんだけどな」

やっぱり。思ったとおりである。

二

裏店の稲荷《いなり》の前で、子供たちが飛び跳ねている。只次郎が作った竹とんぼを、皆で追いかけているのだ。落ちてきたところに、おえんに預けている猫のシロの子が飛びついた。

歓声と甲高い笑い声に満たされた、初夏の夕暮れである。洗い物の手を止めて、お妙はその光景をぼんやりと眺める。

慌ただしかった昼の客が皆はけて、井戸端で使った器を洗っていた。桶《おけ》に張った水の冷たさが心地よい。そういう季節である。

「どうしました？」

竹とんぼを飛ばしては追いかけ、受け止めては飛ばす子らの一群から外れ、只次郎が近づいてくる。お妙が見ているのに気づいたようである。

「いえ、皆どんどん大きくなるなぁと思いまして」

裏店の子らの中で最も幼かった芥子《けし》坊主も、いつの間にかしっかりとした足取りで駆け回っている。それどころか冬の間に生まれた赤子を、おんぶしている子までいた。

「ああ、升川屋さんの件ですね」

驚くべき察しのよさ。皆まで言わずとも、只次郎は合点して頷《うなず》き返す。

「ええ。どうしたものかと思いまして」

升川屋に頼み事をされてから、今日で三日目。あの男はいつだって、悩ましい相談を持ちかけてくる。

「私はまだ千寿に会ったことがありませんから、楽しみではありますが」

どうやら子供が好きらしい只次郎は、「きっと可愛《かわい》いんだろうなぁ」とだらしなく口元を緩めている。暢気《のんき》なその立場が羨《うらや》ましい。

千寿は昨年の一月に生まれた、升川屋とお志乃の子である。初節句の料理を作りに行ったときはまだ産着に包《くる》まれすやすやと眠っていたのに、もうよちよち歩きができるようになったそうだ。食事も薄い粥《かゆ》からはじめ、今では普通に炊《た》いた飯を食べさせているという。

「でもなぁ。どうもいまひとつ、食が細くってよぉ」

升川屋はそう言って、顔をしかめたものである。

食のことで困ったら、お妙に頼るのがこの夫婦の常だ。千寿を連れて『ぜんや』に行きたいと、言いだしたのはお志乃である。お妙が出向くのではなく、あちらから来るという。

「まだまだ乳も飲んでるから、少しくらい食わなくたって平気なんだが。まぁお志乃の気晴らしだと思って、つき合っちゃくれねぇか」

腹に子がいると分かってから、お志乃はほとんど外に出ていない。大店《おおだな》のご新造《しんぞ》とはそういうものだが、今回は自ら出向くと言ってきかなかった。かつて新妻可愛さにあちこち連れ回していたのは升川屋であり、「親になったんだから、もうちょっと落ち着いてほしいんだがなぁ」と、今さら嘆いても遅い。

久しぶりにお志乃が店に行きたいと言うのなら、断る謂《い》われは少しもない。ただ、

千寿はどうせ、たいして食わねぇんだから」

「いや、お志乃が旨《うま》いものを食って、満足して帰ってくれりゃそれでいい。千寿はどうせ、たいして食わねぇんだから」

そう言って笑い飛ばした升川屋ほど、お志乃はお気楽ではないだろう。おそらく我が子の食が細いことに、頭を悩ませているはずだ。だからこそ、千寿の食が進みそうなものを、お妙に作ってもらいたいのではないか。

お志乃の思惑を升川屋に尋ねても埒《らち》が明かないから、お妙は手紙をしたためた。時候の挨拶《あいさつ》のあとしばらくの無沙汰《ぶさた》を詫《わ》び、『ぜんや』でお待ちしておりますとその来訪の意を受けた。それから下手な探りは入れず、『千寿さんのお好きな食べ物はなんですか』とだけ水を向けてみたのである。

するとお志乃は筆跡に喜びを滲《にじ》ませて感謝の言葉を書き連ね、『口当たりの柔らかいものならちょっとは食べてくれます』と返してきたではないか。案の定、である。放《ほう》っておいても成長と共に食べる量は増えてゆく。それでも心配になってしまうのが、母心というものだ。

升川屋には、そのあたりの心情をいま少し汲《く》んでもらいたいものである。

そういった経緯《いきさつ》があり、お志乃と千寿は明後日《あさって》『ぜんや』にやって来る。荒っぽい男たちでごった返す昼飯時を外し、昼八つ半（午後三時）には顔を出す約束だ。

とはいえ困ったことが一つ。お妙には子がないし、弟や妹もいなかった。二歳の子がどういったものを食べるのか、さっぱり分からないのである。

そこでお勝や裏店のおかみさんたちに、話を聞いて回った。だが皆貧しくもたくましい女たちばかり。「その時分なら乳と固めの粥で充分さ」と大らかに笑っている。固形のもので挙げられたのは「飯に刻んだ切り干し大根を混ぜたの」とか、「柔らかく煮た味噌汁《みそしる》の実」とかで、客にはとても出せそうにない。

しかたがない。千寿がお気に召すかどうかは分からないが、子供向けに何品か作ってみよう。たとえば甘く煮た南瓜《かぼちゃ》を寒天で固めてみるとか――。

「せめて自分がそのころ喜んで食べていたものを、覚えていればいいのだけれど」

物覚えはいいほうだが、さすがに二つ三つの記憶はない。弱音を漏らすと隣に佇《たたず》んでいた只次郎が、なんでもないことのように返事をした。

「私、うっすらとですが覚えていますよ」

「えっ！」

目を見開き、その顔を振り仰ぐ。そんなに驚かれると思っていなかったのか、只次郎は照れたように頰を掻《か》く。

「一番はじめの記憶は、母の乳房を吸っているときに地震があったことでしょうか。いや、棚の上の物が急に崩れてきたので、長じてから地震だったのかなと思ったまでですが」

稀《まれ》に乳呑《ちの》み児《ご》だったころの記憶が残る者がいるらしいと、噂《うわさ》に聞いたことはある。それがまさか、これほど身近に存在したとは。二つ三つのころのことを覚えているというのはつまり、そのぶん頭の育ちが早かったのだろう。

「神童、だったんですね」

「二十歳《はたち》過ぎればただの人、ですよ」

子供のころは、本当にそう呼ばれていたようだ。なぜこの男は、浪人者同然に裏店で寝起きしているのだろうとあらためて思う。能力があっても欲がなければ、人は世に出ぬものらしい。

「好んで召し上がっていたものも、覚えていますか」

「ええっと、ちょっと待ってくださいね。なにしろこう、切れ切れに風景を覚えているだけなので。二歳のころ、二歳のころ、と」

只次郎は目を瞑《つぶ》り、両のこめかみを指で揉む。まるで瞼《まぶた》の裏に、当時の情景を映し出しているかのようである。

「ううん、なにを食べているんでしょう。母が匙《さじ》で口に運んでくれているんですが、そちらをちっとも見ていないんですよね」

なんともまぁ、本当に見えているようだ。これなら糸口が見つかるかもと、お妙の胸が期待に膨らむ。

「あ、分かりました。粥ですね」

やはり粥か。がくりときたのをごまかそうと、代わりに手を動かす。洗い終わった器を伏せて、桶を抱えて立ち上がった。その気配に、只次郎が目を開ける。

「だけど、変なんですよね」

「なにがです？」

横からさりげなく手が伸びてきて、洗い桶を奪われた。只次郎は桶を手に持ったまま、『ぜんや』に向かって歩きだす。

「粥を食べさせてもらいながら、私はずっと母のお膳《ぜん》を見ていたんですよ。米と汁と、煮魚らしきものが載っていました。魚が食べたかったのかな」

「魚、ですか」

手ぶらになったことに戸惑いつつも礼を言い、お妙も只次郎の後に続く。魚がいいのなら、たとえば鯛《たい》の身をほぐして粥に混ぜ込んでもいいかもしれない。

だが只次郎はまだ納得がいかないというふうに、首を捻《ひね》っている。風景は思い出せても、当時の心情までは呼び起こせないのだろう。

昔に思いを馳《は》せているせいか、すぐそこにある背中が遠く感じる。

「ああ、そうか！」

だしぬけに、只次郎がこちらを振り返った。なにを思いついたか、目を輝かせている。

「分かりましたよ。魚に限ったことじゃない、私は母と同じものが食べたかったんです」

そう言われてみれば、お妙にも覚えがある。あれは六つか七つのときだったか、父の膳にだけ載っていた塩辛が羨ましくて、食べたいとねだった。まだ酒も飲めぬ子供の舌には合わなくて、父には「ほれ見ろ」と笑われたのだ。

それでも大人が旨そうに食べているものには、心惹《ひ》かれるなにかがあった。

「なるほど、同じもの！」

よくぞ思い出せたものだ。お妙は胸の前で手を打ち鳴らす。明後日の献立が、やっといくつか頭に浮かんだ。

三

いよいよお志乃と千寿の来る日。昼酒に酔って寝ていた客に声をかけ、「お気をつけて」と見送ってから、お妙は襷《たすき》を締め直す。

昼八つ（午後二時）の鐘を聞いてから、ずいぶん経《た》った。千寿のために考えた料理の、仕上げに早くかからねば。

今日はいい鮎並《あいなめ》が入ったので、昼の客には山椒《さんしょう》焼きにして出した。鮎の字が入ってはいるが、海の魚だ。鮎のような姿をしているからとか、鮎と同じで縄張りを持つからとかで、味が似ているわけではない。上品な脂を纏《まと》った白身魚である。

せっかくだから、これも食べてもらいたい。鮎並で一つ、口当たりのいいものを。

「ねぇ、ねえさん。少し大きくなった乳呑み児には、菜を擂《す》り潰《つぶ》したものをあげたりもするわよね」

少しばかり一服と、床几に腰掛けたお勝に聞いてみる。お勝は煙草盆《たばこぼん》を引き寄せながら、「そうだね」と頷いた。

「菠薐草《ほうれんそう》やら小松菜やら、粥と一緒に出してたねぇ」

「それじゃあ、味には慣れているのね」

「たぶんね」

ならば問題はない。お妙は小松菜をサッと洗い、ざくざくと刻んでゆく。擂り鉢には先ほど擂り下ろしたばかりの山芋が入ったままだ。これはどこかに移さねば。

「山芋のとろろですか」

なにを作っているのかと、只次郎が見世棚《みせだな》越しに調理場を覗《のぞ》き込んできた。

「あの、差し出がましいかもしれませんが、とろろって子供にとってはやっかいじゃありませんか？　口の周りが痒《かゆ》くなるので、すごく嫌だった覚えがあります」

子供は食べるのがまだ下手な上に、肌も柔らかい。そのぶん、あのチクチクとした痒みを感じやすくもなろう。そのあたりのことは、お妙も先回りをして考えてある。

「分かります。このまま出すわけではないので大丈夫ですよ」

「ああ、そうなんですね。すみません」

恐縮する反面、ではなにができるのかと、楽しみでならないようだ。只次郎の口元がむずむずと動いている。

そういえば林様は、昼餉《ひるげ》を控えめにしていたっけ。

ならば料理は多めに仕込んでおかなければ。お妙はふふっと笑い、残っていた山芋をすべて擂り下ろした。

さて鍋《なべ》がくつくつと煮え、蒸し器に湯気が上がり、丁寧に引いた出汁《だし》のにおいが往来にまで漂い出るようになったころ。開け放したままの戸口の前で、「えっほ、えっほ」という駕籠《かご》舁《か》きの声が止まった。

久方ぶりに会うお志乃は、娘らしい愛らしさを脱ぎ捨てて、凜《りん》とした美しさを纏っていた。着物の地も表は蘇芳《すおう》、裏が萌黄《もえぎ》。山躑躅《やまつつじ》を模したすっきりとした色合わせである。

「お妙はんと最後に会《お》うてから、もうすぐ一年になりますのやなぁ。えらい早《はよ》うて、びっくりしました」

おっとりとした上方の言葉遣いは相変わらずだが、声に艶《つや》が出たようだ。親とは子を育てながら己も成長してゆくもの。以前のお志乃なら子の食の細さを気に病んで、この世の終わりのような顔をしていただろうに、ずいぶん余裕を持てるようになったものだ。

その腕に抱かれている千寿は、薄い眉《まゆ》を寄せて周りを見回している。見知らぬ場所に連れてこられ、はじめて会う大人たちに囲まれているのだから、不安なのはあたりまえだ。

「うわぁ、可愛いなぁ。ほら、兄さんが抱っこしてあげるからおいで」

感極まった只次郎が両腕を広げても、お志乃の胸に顔をこすりつけてそっぽを向いてしまう。そんな仕草すらも愛らしく、振られた只次郎も目尻《めじり》を下げる。

「すんまへん。まだちょっと人見知りが続いてまして」

「いいえ、とんでもない。ああ、頰《ほ》っぺたが福々《ふくふく》だなぁ」

一年ほど前には気の毒なほどに荒れていた千寿の肌もすっかり落ち着き、赤子らしい瑞々《みずみず》しさを保っている。思わずつつきたくなる頰に、お妙は目を細めた。

「よかった。本当に綺麗《きれい》な赤ちゃんですね」

「ええ、その節はほんにお世話になりました」

お志乃が頭を下げると、千寿の首もかくんと垂れる。その拍子に、黒水晶のようなぱっちりとした目がお妙を捉《とら》えた。

「アーアー」となにごとかを訴えつつ、身を乗り出してくる。

「え、なぁに。抱っこ？」

腕を伸ばすと、あちらからしがみついてきた。たしかな重みが心地よく、少し湿った手に触れられると、胸に幸福の泉が湧《わ》き出てくる。赤子の手には大人の心を蕩《とろ》かす、不思議な力が宿っている。

「おいおい。お前、人見知りはどうしたよ」

駕籠につき従って歩いてきたらしい升川屋が、現金な我が子を窘める。それでも千寿はキャッキャッと声を上げて笑っている。

「こういうところ、お父《とっ》つぁんに似ちまったのかねぇ」

「大きくなったら女を泣かせますよ、これは」

お勝と只次郎が真面目腐った顔で論じ、お志乃は夫を睨みつける。

「おいおい」と苦りきって一歩後退《あとじさ》った升川屋は、二階から聞こえてきた鶯《うぐいす》の声に、救われたとばかりに天井を振り仰いだ。

「おっ、ハリオがいい声で鳴いてんじゃねぇか。林様も、商売繁盛でなによりだ」

「いいえ、今のはルリオです」

焦りのあまり聞き間違えたらしい。元よりお妙には区別がつかないが、好事家としては由々《ゆゆ》しきところ。

「ヒビキを手に入れたのが俵屋さんのところの熊吉で、なによりでしたよ」と只次郎に突き放され、升川屋は頭を抱えた。

「あの、立ち話もなんですから、座りませんか？」

再会や初対面を喜んで、誰《だれ》も彼も立ったままである。お妙は間を取りなすように、皆を小上がりへと促した。

まずは升川屋に、酒と野蒜《のびる》の酢味噌《すみそ》和《あ》えを出してやる。只次郎もちゃっかり小上がりに座っているので、盃は二つ。子の世話など焼く気のない男同士、差しつ差されつすればよい。

「おや、お座りが上手だねぇ。よしよし、こっちの壁に凭《もた》れたほうが楽かもしれないよ」

お勝が似合わぬ猫撫《ねこな》で声で、千寿をあやす。乳母《うば》や女中任せにせず、自分の手で子育てをしようと頑張っているお志乃の息抜きになればいいと、世話係を買って出てくれたのである。

「お志乃さん、千寿の面倒はアタシが見るからさ、たまにはゆっくり食べるといいよ」

「お勝さん、おおきに。ほんにありがたいことで」

普段の食事がよっぽど慌ただしいのか、お志乃は涙さえ浮かべてお勝を拝む。我が子が可愛いのは間違いないが、子育ては四六時中休みなし。となればつかの間の自由すらありがたい。

「そんな、泣くほどのことじゃねぇだろう」

升川屋はそれを大袈裟《おおげさ》だと笑い飛ばす。この男の妻に対する配慮のなさは今にはじまったことではないが、さすがにこれには鼻白《はなじろ》む。お志乃は聞こえなかったふりをしているし、お勝でさえ注意をする気が削《そ》がれた様子。このようにして男と女は、理解し合うのを諦《あきら》めてゆくのだろう。

「お食事、すぐにお持ちしますね」

白けた気配が漂うのを、お妙は手を叩いて振り払う。飯も和やかに食べられないのでは、この先の夫婦仲が思いやられる。

お勝が千寿につきっきりだから、給仕もすべてお妙の仕事だ。調理場と小上がりを、忙《せわ》しなく行ったり来たりする。そういえばおえんは顔を見せないなと、ふと思った。

お志乃と千寿が来ることは、もちろんおえんも知っている。お志乃とはずいぶん会っていないだろうから、「もしよろしければ」と声をかけておいたが、子がなかなかできぬ身で、千寿と対面するのは辛いのだろうか。

なにせおかみさんたちに幼子が好みそうな食べ物を聞いて回っていたときも、「アタシには関係のないことだね」と拗《す》ねて家に引っ込んでしまったほど。後で差し入れでも持って、様子を見に行くことにしよう。

「まぁ、艶々《つやつや》として、美味《おい》しそうな蕪《かぶ》」

膝先に置かれた折敷《おしき》に目を落とし、お志乃が嬉《うれ》しそうな声を上げる。器に盛られているのは口に入れただけでほぐれるほど、柔らかく煮た蕪である。

「海老《えび》のそぼろあんかけにしてみました」

味つけは薄口醬油。葛《くず》を引き、千寿にも食べやすいようにした。大人の器には三つ葉を散らし、生姜《しょうが》の擂り下ろしを添えてある。

「なんだ、本当に千寿の分まで作ってくれたのか。すまねぇなぁ」

升川屋が盃を置き、申し訳なさそうにする。お志乃がまた、聞こえぬふりを装った。夫の気持ちが自分に寄り添っていないことなど、とっくに気づいているのである。

「ああ、これは美味しそうだねぇ。ほら、あーんしてごらん。姉さんが食べさせてあげるよ」

木の匙を手に、お勝が千寿の口元に小さく切り分けた蕪を近づける。ちゃっかり「姉さん」などとのたまっているが、千寿が食べてくれるかどうかが気がかりで、こちらも皆が聞き流した。

大人たちが息を詰めて見守る中、千寿は口を引き結び、不機嫌そうにそっぽを向いてしまう。一同の肩が、目に見えて窄《すぼ》まった。

「やっぱり駄目かぁ」

升川屋がひときわ大きくため息を吐く。そちらを見ぬようにして、お志乃は千寿に取りすがった。

「なぁ、千寿。お妙はんの料理はほんに美味しいの。ひと口食べてみよし。頬っぺたが落ちそうになりますえ」

噛《か》んで含めるように、語りかける。だが千寿はいっそう頑《かたく》なに、一文字だった口をへの字に曲げる。

「いいから、お志乃さんは自分の食事を楽しみな。このくらいの歳《とし》の子は、食べてくれたら御の字くらいの気構えでいいのさ」

「せやけど、せっかくお妙はんが作ってくりゃはったのに」

「大丈夫ですよ。私も同じ気構えですから」

おかみさんたちに聞いて、幼子に飯を食べさせることは難しいと知っている。見向きもされないのは残念だが、気にするまいと決めていた。なによりお志乃に肩身の狭い思いをさせたくはない。

「それじゃ、千寿を差し置いて食っちまうぞ。ううん、旨《うめ》えなぁ！」

千寿が食べそうにないと見て、まず真っ先に料理に手をつけたのは升川屋だ。蕪をひと切れ口に放り込み、頰を押さえて唸《うな》っている。

「どれ、じゃあ私も」

ご相伴に与《あずか》る身の只次郎も、それに続いて箸《はし》を取った。

「ふぁ、蕩ける。上品な出汁が、口いっぱいに広がってゆくぅ」

目を閉じ身悶《みもだ》えるその様に、なにごとかと千寿がぽかんとしている。その表情が、愛らしくも面白い。お志乃の顔に、ようやく微笑みが戻った。

「ほら、あんたも食べな」

「ふふっ、おおきに。ほな、お言葉に甘えて」

自分の器を手に取り、お志乃もひと口。「美味しい」という呟《つぶや》きとともに、笑みが大きく広がってゆく。

「うち、やっぱりお妙はんの味が好き。体にじんわり染み渡るようやわぁ」

嬉しそうな母につられたのだろうか。千寿もまた、口元をゆっくりとほころばせる。

驚くほどお志乃によく似た笑顔だ。後ろからお勝に支えられながら、そちらに向かって手を伸ばす。

「マ、ンマ」

「なぁに、マンマ？」

「マンマ、マンマ！」

お志乃の器を覗き込み、はっきりそう言っている。母親が旨そうに食べているものに、興味を引かれたらしい。

「千寿、これと同じものが、すぐ目の前にありますえ」

「そうだよ。ほら、食べてごらん」

お勝が再び、匙を千寿の鼻先に近づけた。千寿はしばらく両者を見比べていたが、やがて大きく口を開く。

「おおっ！」歓声を上げたのは升川屋だ。

千寿の口の中に、蕪の欠片《かけら》が吸い込まれてゆく。そのとたん、頬がぐんと持ち上がった。

「おいちー！」

お志乃の真似《まね》をしているのだ。あまりにも愛《いと》おしく、一同「ああ」と胸を押さえる。

純真無垢《むく》の勝利である。

「なんだい、もっとかい？」

次を催促するように、すぐにまた口が開いた。まるで鳥の雛《ひな》のようだ。

「ああ、この子が自分から『くれ』とねだるなんて」

「そうか。旨いか、千寿。よかったなぁ」

お志乃も升川屋もそんな我が子を、目を細めて見守っている。考えかたや接しかたが違うだけで、子を思う気持ちは同じだ。親の願いなどただ一つ。子が健やかに育ってくれさえすれば、それでいい。

千寿はふた口、三口と続けざまに食べ、踊るように身をくねらせた。もしやこれは、只次郎の真似だろうか。

お妙は只次郎に目配せをして、微笑みかける。親が食べるものを羨ましがるのではないかという読みは、どうやら当たったようである。

四

升川屋から聞かされていた前評判が嘘《うそ》のように、千寿はひと品目をぺろりと平らげた。大人よりも控えめな量とはいえ、なかなかの勢いだ。そして今鼻息を荒くして、ふた品目に挑んでいる。

桜海老と空豆のふわふわ焼き。擂り下ろした山芋に具を混ぜ込み、醤油で味つけをして小さくまとめ、鉄鍋で焼いたものだ。千寿向けにかなりの薄味にしてあるので、大人には芥子《からし》醤油を添えて出した。

「なるほど、さっきの山芋がこうなったんですね」

小判形のふわふわ焼きを、只次郎はぺろりと箸で持ち上げる。これなら口の周りが痒くならないし、生で食べるときとは食感が違って面白い。ふんわりとした口当たりも、子供に好まれそうである。

「しかも酒にまで合うってか」

盃を傾けて、升川屋が舌鼓を打つ。そのあたりは大人が無理をして子供の嗜好《しこう》に合わさなくてもいいように、頭を捻ったがゆえである。

「桜海老からも出汁が出て、香ばしいて美味しいわぁ」

「ほくほくした空豆も、山芋と相性がいいですね」

「おいちー！」

大人たちが「すごい」「偉い」と手放しに褒《ほ》めるものだから、千寿は「おいちー」が気に入ったようだ。もはやお勝の給仕が間に合わぬとばかりに、手摑《てづか》みで食べだした。

「これ千寿、お行儀の悪い」

「いいさ。興が乗ると、つい手摑みになっちまうんだよね。そうかい、そんなに美味しいかい」

家では匙を使う練習もさせているそうだが、まだまだうまく扱えない。ゆえにもどかしくなってくると、手が出てしまう。口の周りを汚しながら必死に食べている様もいじらしく、お妙は手拭《てぬぐ》いを絞って置いてやる。

千寿が機嫌よく食べている今のうちに、次々と料理を出してしまおう。

お妙は急ぎ調理場に戻り、小鍋に取り分けておいた出汁を沸かす。鮎並の中骨から取った出汁である。

そこに塩をひとつまみ。いったん火から下ろし、卵黄と練り胡麻《ごま》を溶かし入れる。それをもう一度火にかけて、擂り潰して裏漉《ご》ししておいた小松菜を加えた。さらに手早く葛を引き、小松菜のすり流しの出来上がり。

椀《わん》にはあらかじめ、葛粉をまぶしてさっと茹でておいた鮎並と、細く切った糸人参《いとにんじん》を盛りつけてある。その椀種《わんだね》にそっとすり流しを張り、大人が食べるものには黒胡《くろこ》椒《しょう》をぱらりと振りかける。

鮎並の葛叩きである。飾り包丁を入れて葛をまぶしておいた鮎並は、喉《のど》ごしがよく食べやすい。若葉色のすり流しが、初夏らしく爽《さわ》やかである。

さてもう一つの小鍋には、とろみのある餡《あん》を作って置いてある。中に浮かんでいるのは蓴菜《じゅんさい》だ。粗熱が取れたのをたしかめてから、同じく粗熱の取れた茶碗蒸《ちゃわんむ》しの上に張る。

茶碗蒸しの具は、つるりとした食感を味わってもらうため、あえてなにも入れていない。山葵《わさび》を添えたものは大人用である。こちらも目に涼しげな一品だ。

「まぁ、これまた色鮮やかな！」

仕上がった料理を小上がりに運ぶと、お志乃がぱっと顔を輝かせた。

見た目など二の次三の次、旨くて腹が膨れれば充分という男性客の多い居酒屋だ。そのぶんお志乃に作る料理には、見栄えにもついこだわってしまう。

千寿もまた、目をまん丸にして椀の中身を見ている。小松菜のすり流しはべつに珍しくもないが、真ん中に浮かんでいる白い実が気になるようだ。

「お魚《とと》ですえ」と、お志乃が優しく囁《ささや》いた。

子供にとっては、父《とと》も魚《とと》も同じ音。千寿がぎょっとして升川屋の顔を振り仰ぐ。

「そっちの『とと』やない」

「ひでぇなぁ。千寿は俺を食おうってのかい」

誰も彼も、もはや頬が緩みっぱなし。千寿のおかげで和やかに食事が進んでいる。

だがよくよく見ていると、『ぜんや』に来てからまだ一度も、お志乃と升川屋は直《じか》に話をしていない。千寿を挟んでいるから、やり取りが成り立っているように思えるだけだ。

これは本当に、危ないのではないか。

升川屋夫妻の先行きがますます不安になり、お妙は顔を曇らせた。

こちらの心配をよそに、お志乃は手を叩いて千寿をおだてている。

「偉い、偉い。『おとと』は美味しいなぁ。さぁ、すっかり『おとと』を食べてしまいよし」

「おとと」を連呼しているのは、おそらくわざとだ。

升川屋は只次郎のほうを向いて、苦い汁でも飲むように盃を干した。

「小松菜のすり流し、まろやかでちっとも青臭くないわぁ。鮎並の脂とも、よう合いますなぁ」

「胡椒がまた効いていますよね。全体をぴりりと引き締めてくれて」

「蓴菜の茶碗蒸しも格別だなぁ。酒の酔いが落ち着いて、もう少し飲めそうだ」

例によって口々に料理を褒め合いながら、大人たちは食を楽しむ。升川屋が「お妙さん、あと二合つけてくんな」と空になったちろりを振るも、お志乃は「ほどほどに」とすら言わず千寿に構っている。

新婚のころはお妙を升川屋の女と思い込み、喧嘩《けんか》を売りにくるほど惚れていたというのに。あれから早くも、二年半。変われば変わるものである。

やはり子ができたことが大きいのだろうか。灘《なだ》から嫁してきて、頼れる者は升川屋のみだったころに比べれば、お志乃の地位は盤石《ばんじやく》だ。気の利かぬ夫に愛想を尽かし、冷たくあしらうようになっても不思議はない。

できればお志乃さんと、二人で話がしたいところだけど——。

酒に燗をつけるなどして立ち働きつつ気を揉んでいると、そのうち千寿がしきりに瞼を擦《こす》るようになった。

茶碗蒸しはまだ、三口ほど残っている。それでも抗《あらが》いがたい眠気に襲われたようで、体のわりに大きな頭がかくりと傾《かし》ぐ。その動作に自分で驚いて、ぐずりはじめてしまった。

「はいはい、眠いのやね。よしよし」

こうなるとお勝にはどうにもできず、お志乃が千寿を抱き取った。千寿のための料理はあと一品用意があったが、もう充分食べたと言える。

「よく頑張りましたね」と、お妙は真っ赤になって泣きだした子を労《ねぎら》ってやった。

「すんまへん、お妙はん。お乳を含ませてやれば、すぐに寝ると思いますのやけど」

「分かりました。では、内所に行きましょうか」

裏店のおかみさんたちなら、そのへんで乳を放り出して子に飲ませたりしているが、大店のご新造となればそう気軽に人前に肌を晒《さら》せるものではない。

「お勝ねえさん、ごめんなさい。七厘《しちりん》のご飯をお願いします」

すでに炊きはじめていた飯をお勝に託し、お妙は先に立ってお志乃を二階へと案内した。


千寿が頰に涙の痕《あと》を残し、乳に吸いついたまま目を閉じている。時折口元が動くところを見ると、まだ完全には寝入っていないらしい。微睡《まどろ》みの中で甘い乳のにおいに包まれ、幸福を嚙みしめているようにも見える。

隣の部屋から聞こえてくる、ルリオとハリオの鳴き声が子守唄《こもりうた》代わり。傍《そば》に座って眺めているだけでも、胸がいっぱいになってくる。

「よいよい、ねんね」とあやすお志乃の目元にも、満ち足りた笑みが滲んでいる。

「うちなぁ、この子に会えて、ほんに幸せどす」

やがて眠りについた千寿に目を落としたまま、お志乃はぽつりと呟いた。

「この子以外なぁんもいらんと思えるくらい、大事なんどす」

子ができぬまま良人と死に別れてしまったお妙には、そう言い切れるお志乃が羨ましい。誰よりも愛おしいと思える我が子を、自分もこの腕に抱いてみたかった。

「それで、升川屋さんに冷たいんですか？」

責めるような口調にならぬよう、目元を緩めたまま尋ねてみる。

「ああ、やっぱり気づかれてましたか」と、お志乃も笑窪《えくぼ》を浮かべつつ答えた。

「あの人と喋《しゃべ》ってると、的外れで苛々《いらいら》するんどす。千寿がご飯を食べてくれへんってうちが悩んでても、『菓子なら食うぞ』って、そういうことやないでしょう。一事が万事、その調子なんどす」

その苛立ちは、よく分かる。たとえば升川屋だって、「今年は酒の出来がよくない」と嘆いているところに「でも大根の出来はいいぞ」と返されたら、なにごとかと驚くだろう。そのくらい嚙み合っていないのだが、本人はちっとも気づいていない。

「挙句、夕餉の前に団子を食べさせたりして。ほんまにうちの悩みをちゃんと聞いてはるんやろかと、お耳がお留守違いますかと、呆れてものも言えやしまへん」

そんなこんなが積み重なり、升川屋に話しかけるのも嫌になってしまった。すると升川屋のほうでもその気配を汲んで、遠慮するようになったらしい。

「やっぱり、そういうことでしたか」

べつに珍しい話ではない。似たような愚痴は、裏店のおかみさんたちもよく零《こぼ》している。それだけ子育てに於《お》いて、夫婦で心を合わせてゆくのは難しいのだろう。

「せやけどもうね、ええんどす。うちはこの子のためにのみ生きます」

だが良人を心の中で見限り、子を生き甲斐《がい》にしても、いずれは親離れのときがくる。ましてや千寿は升川屋の跡取り息子。長じて嫁を迎え入れることになろう。

脳裏に上方言葉で嫁をいびるお志乃の顔がちらつき、お妙はこめかみを揉んだ。

「升川屋さんと、一度ゆっくり話し合ってみては？」

「話すことなんか、もうなにもあらしまへん。言うたでしょう、お耳がお留守なんやから、無駄どす」

お志乃は千寿を抱いたまま、器用に着物の乱れを直す。子を産んでもなお華奢《きゃしゃ》な体をしているが、子の目方が増えるにつれ、腕がたくましくなってきたようだ。そのぶん升川屋に向ける態度も、頑なになってしまったのか。あちらにも、おそらく別の言い分があるだろうに。

とはいえ夫婦のことに、外から口を出しすぎるのもおこがましい。説教をしたいわけではないのだ。廊下がきしむ音に気づき、お妙は「困りましたねぇ」と引き下がる。

それから襖《ふすま》越しに話しかけた。

「どうしたものでしょう、升川屋さん」

廊下がいっそう大きくきしむ。やはり立ち聞きをしていたのだ。

膝をにじらせて、襖を開ける。升川屋が所在なげに立っている。

「お勝さんに、のんびり酒を飲んでる場合じゃないだろって、尻を蹴《け》られてよぉ」

さすがはお勝だ。よその夫婦のことでも、容赦がない。

「俺だってべつに、お前の話を聞いてないわけじゃねぇんだ。ただほら、お前は思い詰めやすいたちだろ。だからちょっとでも、気が楽になればと思ってよ」

いつもの威勢のよさはどこへやら、升川屋は小声で言い訳を並べる。そういえばこの男ははじめから、『ぜんや』での食事もお志乃の気晴らしになればと言っていた。

「俺の親も女中もいるんだからよ、一人で抱え込むこたぁねぇんだ。頼りゃあいい。千寿の飯だって、菓子でもなんでも、食えるものから食ってくれりゃあいいじゃねぇか」

だんだん調子づいてきたのか、訴える声が大きくなってくる。お志乃はそれを、平然と聞いている。

「それによぉ、俺はそろそろ、二人目がほしいと思ってんだよ」

ついつい「あら」と声を上げてしまい、お妙は両手で口元を押さえる。そういうことなら、お志乃が千寿にかかりっきりでは困るわけだ。はじめての子で張り切るのも分かるが、もっと先まで見通してほしいのだ。

ところがお志乃はぴくりとも表情を変えず、冷えた声で言い放った。

「うちは、嫌どす」

これには升川屋も眉を寄せる。夫婦の気持ちはそれほどまでにすれ違っていたというのか。それにしてももう少し言いようがあるだろうと、お妙もまた気を揉んだ。

「せやからずっと言うてるでしょう。千寿にはちゃんと野菜やお魚を食べさせたいんどす。この子の血肉になりますのえ。お菓子でええなんて、口が裂けても言われとうない」

元々が遊び人だった升川屋と違い、お志乃は生真面目なのだ。少しくらい放っておいても子は育つ、そんな気構えにはなれぬらしい。

「だいたい、なんですの。お義母《かあ》さんやら女中やら引き合いに出して。どうしてそこで、『俺を頼れ』と言えまへんの」

なんだか風向きが変わってきた。淡々としていたお志乃の訴えが、急に熱を帯びはじめる。

「だんさんの子でもあるのに、なんで人任せやの！」

「お志乃――」

「そういったところが改められるまでは、二人目なんかいりゃしまへん！」

けっきょくこれは、犬も食わぬなんとやらだ。そう合点し、お妙はすっと立ち上がる。やはりこの二人は、とことん話し合わねばならぬと思う。

「升川屋さん、いつまでも廊下に立っていないで、お入りください」

「あ、ああ」

部屋に足を踏み入れる勇気すらなかったのか、升川屋は促されてやっと入ってきた。

襖が開けっ放しだったせいでこれまでの話は、おそらく下にも筒抜けだろう。お勝と只次郎のことだから、階段の上り口で聞き耳を立てている、そんな気がする。

「私はちょっと、下の様子を見てきますね」

だから心ゆくまで話してください。皆まで言わずともお妙の意を汲み取り、升川屋が頷いた。

入れ違いに部屋を出て、お妙は襖に手をかける。ふと思い出したことがあり、閉める前に話しかけた。

「そうだ、さっき召し上がった鮎並は、雄《おす》が子育てをすることで有名な魚なんですよ」

子といっても卵だが、孵《かえ》るまでの間鰭《ひれ》で水を煽《あお》ったり、口で水を吹きかけたりと世話を焼くそうだ。むろん卵を狙《ねら》う敵とも闘い、命がけで守り抜く。そういう魚も、中にはいる。

たしか鮎並は、「愛女《あいなめ》」とも書くのだっけ。

なんてことを思い出しつつ、お妙は「ごゆっくり」と襖を閉めた。

五

それからゆうに四半刻《しはんとき》（三十分）ほどしてから、升川屋とお志乃は「お騒がせしました」と言って帰って行った。

お志乃の目は赤らんでいたがその微笑みは穏やかで、眠る千寿を抱いていたのが升川屋だったことからも、ひとまずの落としどころを見つけたのだろう。

「まったくもう。夫婦喧嘩くらい、他人を巻き込まずにやってくれないもんかねぇ」

肩が凝っちまったと言わんばかりに、お勝が首をこきこきと鳴らす。たしかにあの二人の喧嘩には、どういうわけかしょっちゅう巻き込まれている。

「でもまぁ、よかったじゃありませんか。近いうちに、千寿の弟か妹の顔が拝めるかもしれませんよ」

只次郎が苦笑しつつ、二人目の話を持ち出した。思ったとおり、階下で聞き耳を立てていたのだ。

お志乃が二人目を「嫌」と突っぱねたときはどうなることかと案じたが、元の鞘《さや》に収まってくれてよかった。

「可愛かったですねぇ、千寿さん」

お妙は茶を淹《い》れながら、しみじみと呟く。

三人で食べようと、蓬餅《よもぎもち》を皿に盛った。半ごろしにした糯米《もちごめ》に茹でて刻んだ蓬を混ぜ込み、粒餡《つぶあん》を包んだものだ。

千寿にも食べやすいよう柔らかめに作ったのだが、菓子ばかり食べさせたくないというお志乃の気持ちを知ってしまった手前、土産《みやげ》に持たせるのもはばかられた。小さく作ってあるから、余ったぶんはおえんにも持って行ってやろう。

「あ、旨い。蓬の風味が効いていますね」

さっそく蓬餅を手に取りかぶりつき、只次郎が相好を崩す。

「うん、餡子の甘さがちょうどいいね」

お勝もあっという間に食べ終え、指先についた糯米を舐《な》め取っている。

お妙にとっては懐かしい味だ。夏がくると毎年母が、庭に生えた蓬を摘んで作ってくれた。お妙もよく、擂粉木《すりこぎ》で糯米を搗《つ》くのを手伝ったものである。母から子へと、受け継がれてきた蓬餅だ。

「私にも、子供がいればよかったのに」

この蓬餅を、伝える相手が自分にはいない。そう思うとつい、益体《やくたい》もない呟きが口をついた。

「そんな。今からでも作れますよ！」

弾《はじ》かれたように顔を上げたのは、只次郎だ。手も握らんばかりに、鼻先を近づけてくる。

「三十過ぎて産む人だって、いくらでもいるじゃありませんか。お妙さんなんて、まだまだですよ」

お妙は今年で二十九。初産という不安はあれど、たしかにまだ子を諦めるほどではないかもしれない。だが、しかし——。

「木の股《また》から生まれるわけじゃあるまいし、相手はどうすんだい」

お勝がもっともな指摘をする。それだけならいいのだが、後に続けた言葉が余計だ。

「アンタが種を蒔《ま》く気かい?」

「い、いや。私はそんなつもりじゃ――」

「ちょっとねえさん、なにを言うの」

頰が熱い。只次郎も、目を白黒させているではないか。お勝の軽口に巻き込んでしまって、なんだかかえって申し訳ない。

「んもう、そんなあり得ないことを」

「えっ、あり得ないんですか」

「はっ?」

こんなときに只次郎は、いったいなにを口走っているのか。お勝を諫《いさ》めるのも忘れ、隣に座るその顔を仰ぎ見る。すると思いのほか真剣な眼差しにぶつかり、お妙はしどろもどろになった。

「だって、そう、でしょう」

只次郎はお武家だし、お妙より六つも下だ。それにこちらは後家で、亡き夫の意趣返しに執念を燃やしているような女である。

どうしたって、釣り合わないわ。

そんなふうに考えることさえおこがましい。お妙はいたたまれずに、立ち上がる。

「私、おえんさんの様子を見てきますね」

わざとらしいにもほどがあった。


余った蓬餅の皿を手に、勝手口から飛び出した。

まだ胸がどきどきしている。まったく、お勝がおかしなことを言うせいだ。只次郎だって、遠慮なく否やを唱えてくれていいものを。かえって気まずくなってしまったではないか。

空いているほうの手を頰に当て、お妙は盛大な溜《た》め息《いき》をつく。ああ、おえんに預けている猫のシロとその子らにやるつもりの、鮎並の中骨を忘れてきた。

シロは子を三匹産み、うち一匹は貸本屋を営む大家に引き取られた。本を齧《かじ》る鼠《ねずみ》を追い払うためである。あとの二匹もおかみさんたちに可愛がられ、あちこちの家で鰯《いわし》の頭やら鮭《さけ》の皮やらをもらっている。

今さら引き返すのは気まずい。中骨は明日にしようと決め、お妙はそのままどぶ板を踏んで、裏店へと向かう。

すでに夕七つ半（午後五時）を過ぎており、空の雲はほんのりと茜《あかね》色に染まっている。外を走り回る子の数も少なく、家々の屋根の煙出《けむだ》しからは、夕餉の仕度をしている様子が窺える。

ところがおえんの家はやけに静かで、夕餉の煙も出ていない。留守だろうかと訝《いぶか》りつつ、お妙は入り口の戸をほとほと叩く。

「おえんさん、いらっしゃいますか」

障子戸《しょうじど》を開けてみると、奥行き三尺（約九〇センチ）の土間に四畳半のひと間。遮るもののない部屋に、床を延べておえんが寝そべっていた。

「まぁ、どうなさったんですか」

慌てて草履《ぞうり》を脱ぎ、座敷に上がる。惰眠を貪《むさぼ》っているわけでないことは、真っ青な顔色からもあきらかだった。おえんの亭主はまだ帰っていないらしい。

「ああ、お妙ちゃん。いやね、朝から体がだるくってね」

いつもよく通る声すら弱々しい。蓬餅を傍らに置き、お妙は枕元《まくらもと》に膝をつく。

「お食事は？」

「いいや。食べる気がしないんだ」

今日一日、なにも食べていないという。あの食いしん坊のおえんが、である。もしや、なにかしらの悪い病気なのではないか。

「水は、飲んでいますか？」

「それすらちょっと、気持ち悪くて。ううっぷ！」

口に手を当て、おえんが嘔吐《えず》く。お妙はとっさに手を出したが、なにも出なかった。

「大丈夫、ずっと空嘔《からえずき》してるだけ」

枕元に置いてあった手拭いで顔を拭《ふ》き、おえんは力なく笑う。そのときピンと、頭に閃《ひらめ》くものがあった。

「おえんさん、月のものは来ていますか？」

「実は、ちょっとご無沙汰なんだよね」

それならばほぼ、間違いがないのでは。

「おめでた、じゃありません？」

「やっぱりそう思う？」

「ええ、そんな気が」

「でも違ったら、ぬか喜びになっちまう」

自分でもそうかもしれないと疑いながら、思い違いだったときのことが怖くて誰にも告げられずにいたらしい。

おえんはずっと、子を欲しがっていたのだ。そのために神頼みだけでなく、苦手な運動もした。それでも駄目だったとしたら、立ち直れないと考えている。

お妙はおえんの手を取り、握り込む。少し熱く、湿っている。

「大丈夫ですよ。明日、お医者様に診《み》てもらいましょう」

おえんがすがるような眼差しを向けてくる。子にまつわる度を越した不安は、きっと女にしか分からない。

お妙はもう一度、「大丈夫ですよ」と言って強く頷き返した。

半夏生

一

戸外に出ると、爽《さわ》やかな菖蒲《しょうぶ》の香りが微《かす》かに鼻に抜けた気がした。

昼のうちに子供たちが往来で菖蒲打ちでもした、その残り香だろうか。もしくは内《うち》風呂《ぶろ》のある家が、湯に浮かべているのかもしれない。ジージーと鳴く螻蛄《おけら》の声が、耳の底にこびりつく夜である。

「実にいい夕べでござった。しからば、これにて」

久世家の用人柏木が、恭《うやうや》しく腰を折る。林只次郎はそれよりも頭《こうべ》を低くし、隣で同じようにしている兄重正が言葉に詰まったのを察して、「本日はご足労、まことにありがとうございました」と返した。

柏木の供《とも》の者が持つ提灯《ちょうちん》が、ゆらりゆらりと遠ざかってゆく。その後ろ姿が角を曲がって見えなくなってから、重正のさらに隣に並んでいた柳井殿が、ぷはっと詰めていた息を吐いた。

「ふぅ、なんだか肩が凝《こ》っちまった」

娘婿《むすめむこ》がまだ傍《そば》にいるというのに、うっかりくだけた物言いをする。それだけ柏木の前では気を張っていたのだろう。相手が勘定《かんじょう》奉行、久世丹後守様の用人というだけでなく、孫娘の先行きがかかっているのだから無理もない。

只次郎から見れば、可愛《かわい》い姪《めい》のお栄である。利発な子ゆえ奥勤めをさせてみてはどうかと考え、かねてから柏木に口利きを頼んでいた。そのために名鳥ルリオの子を差し出したわけで、このたび柏木から当人に会ってみたいという申し入れがあったのだ。お栄はまだ八つの子供ゆえ、奥女中の部屋子として大奥に上げたいのだが、あちら側でもどうせなら見目や頭のいい子を取りたいのだろう。いわばお栄の素質を見るための面会であった。

本日は五月五日、端午《たんご》の節句。昼過ぎから甥《おい》の乙松《おとまつ》の祝いをすることになっていたので、ならばと柏木を招いたのである。

所用があったという柏木は夕七つ（午後四時）ごろにやって来て、日が暮れるまで林家で時を過ごした。なにも心配してはいなかったが、お栄ははじめて会う大人に物《もの》怖《お》じもせず、聞かれたことにはきはきと答え、ときに相手を笑わせもした。充分に柏木のお眼鏡《めがね》に適《かな》ったことだろう。

「あとは、あちらからの返答を待つばかりですね」

お栄を部屋子にするかどうかを決めるのは柏木ではなく、奥女中である。おそらく柏木はお栄を褒《ほ》めてくれるだろうが、まだどうなるかは分からない。部屋子として上がるのが叶《かな》わなかった場合は、あと数年待って御三之間《おさんのま》から勤めさせようと言われている。

御三之間は大奥女中の職の一つで、親元が御目見《おめみえ》以上の娘はそこを振り出しに昇進してゆくそうだ。林家は一応御目見以上の旗本だが、御家人に毛が生えた程度の小《こ》十人格《じゅうにんかく》ゆえに、その際にも久世家の後押しがあったほうがありがたい。

「まぁそんな幼いうちから奥勤めなどさせずとも、あと六年七年待ってはどうかと某《それがし》は思うがな」

口調をわずかに改めて、柳井殿が己の首のつけ根を揉《も》む。その意見はもっともだと、只次郎も思うのだが。

「義父上《ちちうえ》様も、本日はありがとうございました。中に入って飲み直しませんか」

「いいや、もう充分頂戴《ちょうだい》した。このへんで、暇《いとま》申そう」

「ああ、それでしたら途中までご一緒いたしましょう」

「なぬ、お主まで帰るのか、只次郎」

八丁堀《はっちょうぼり》の役宅に帰るなら、神田花房町は通り道だ。柳井殿に同道を願い出ると、重正が目を剝《む》いた。

「泊まって行けばよい。栄が叔父上に物語を読んでもらうのだと、楽しみにしていたぞ」

互いに別れを惜しむほど、仲のいい兄弟ではない。珍しく引き留めると思ったら、お栄の意を汲《く》んだものらしい。父親の手前「物語」などとごまかしてはいるが、お栄はつまり学問がしたいのだろう。

只次郎が林家を出てしまったから、お栄は知識に餓《う》えているはずだ。乾いた土のように教えたことをぐんぐん吸い込んでゆくあの子には、絵草紙くらいのものしか与えられずに日々を過ごすのは辛《つら》かろう。只次郎がお栄の奥勤めを急ぎたい理由は、そこにあった。

女に学問はいらぬと考える重正の元でこの先の六、七年を無駄にするより、奥に上がって磨き上げられたほうがよい。あそこには、一流の知見を持つ女性がわんさといる。お栄も退屈することはないだろう。

「せっかくですが、お栄ももう八つですから」

叔父とはいえ、男と二人で部屋に籠《こ》もるのは喜ばしからぬ。兄嫁のお葉からそのように釘《くぎ》を刺されており、それ以来、必要以上に親しくするのは避けていた。

だいたい泊まるといっても、只次郎が使っていた離れにはもう、隠居した父と母が住んでいる。林家には、もはや只次郎の居場所はないのだった。

いつもはお忍びのように着流し姿で現れる柳井殿も、娘の嫁ぎ先を訪れるとあって、さすがに袴《はかま》を着用し、供の者を連れていた。提灯を持った小者《こもの》に先を行かせ、その後をついてゆく。表通りに面した家々には、棟の上に高く掲げられた鯉《こい》のぼりが泳いでいる。

「慣れぬことが多いのか、婿殿は少し痩《や》せたようだな」

林家を離れるとさっそく衿元《えりもと》を寛《くつろ》げて、柳井殿は着物の中に風を入れた。もう梅雨《つゆ》に入ったらしく、このところじめっとした日が続いている。

「家督を継いだとはいえ、あまり世渡りが得意ではない人ですから」

「お主が嫡男ならば、そのへんはお手の物だったろうに。世の中うまくいかねぇもんだ」

「それは言わぬ約束で」

重正は父の跡を継ぎ、同じく小十人番士に収まった。出世はおそらく望めないが、無役の小普請組に落とされるよりはましだろう。とはいえ新米の重正は詰所で気を遣《つか》うらしく、近ごろやけに疲れている。

世辞に追従、それから自分をあえて低く見せること。身分の低い武士などほとんど幇間《ほうかん》のようなもので、四角四面な重正には辛いことも多かろう。それでも、武家の嫡男に生まれついてしまったからにはしょうがない。

「で、世渡りのうまいお主はこれからどうするつもりなんだ？」

日が暮れても往来には、じめつく家の中を嫌ってそぞろ歩く者たちがいる。いずれも気ままな町人で、彼らに目を留めながら柳井殿が問いかけてくる。

「家を出て長屋暮らしをしちゃいるが、ずいぶん半端じゃねぇか。このまま腰のものを下げて、浪人みたいに生きてく気か？」

その口調の中に、只次郎を責める響きは少しもない。だが以前から「商人になりたい」と言い張ってきた只次郎は、決まりが悪くて口をつぐんだ。

お妙の亭主殺しの件が一応の決着を見るまでは、己の先行きに不安を覚える暇がなく、はじめての長屋暮らしに舞い上がってもいた。しかし寝起きを共にしていた草間重蔵が近江屋の元に行き一人になってみると、嫌でも今後の身の振り方を考えさせられてしまう。夜着の中であれこれと思いを巡らしているうちに、寝そびれてしまうこともあった。

ルリオの後継としてハリオが育ってくれたおかげで、まだ当分鶯稼業は続けられそうだ。林家の現当主となった重正は弟のことなどすっかり諦《あきら》めて、「家に迷惑さえかけなければ、あとは好きにしろ」と言っている。ならばいっそ身分を捨てて身軽になり、商売に本腰を入れてはどうかと考えもした。

なんの後ろ盾もないただの町人として、生まれ変わる。憧《あこが》れていた境遇が現実のものとなるかもしれない。そう思うとなぜだか、腹の底がぞわっと寒くなった。

できるのだろうか。これまでも商売の真似事《まねごと》をしてきたつもりだが、只次郎が武士だからこそ、どこに行っても邪険に扱われることはなかった。取引のある客の中に御家人や柏木のような大身《たいしん》旗本の用人がいるのも、菱屋のご隠居をはじめとする大商人たちと友人のように親しくつき合えるのも、この身分あってこそ。元から町人であれば腰を低くし、揉み手に作り笑顔で応対せねばならぬところだ。

武士という身分を窮屈に感じる一方で、ずいぶん守られてきたのである。そんなことに、家を出て一人になってはじめて気がついた。浪人生活の長い重蔵が言っていた、いっそ腰のものを捨ててしまおうかと思ったができなかった、という話が身に染みる。けっきょくのところ市井で生きるには、武士というだけで一目置いてもらえる、この身分が便利なのだ。

空にはまだ若い月。星も綺麗《きれい》に出ているのに、只次郎は足元だけを見ながら歩を進める。半歩先をゆく柳井殿が、ふっと頬を歪《ゆが》めて笑うのが分かった。

「じれったいことだ。さっさとお妙さんと所帯を持って、一緒に『ぜんや』を盛り立てていきゃいいじゃねぇか」

「はぁっ？」

夜であることも忘れ、調子外れの声を出してしまった。前を歩く小者が肩を震わせ、振り返る。大事ないと、柳井殿が手振りで伝えた。

「な、なにを言っているんですか」

只次郎は慌てて喉《のど》を絞る。それでもまだ声が裏返っている。

「そっちこそ、なにを言ってんだい。お妙さんだって亭主殺しの下手人が分かって、ちったぁ気持ちに整理がついただろうよ。恋敵の草間殿もよそへ行っちまったし、やるなら今だろ」

「そんな。やるって、なにを」

首元がほてって、やけに熱い。狼狽《うろた》える只次郎を横目に見て、柳井殿が海より深いため息をついた。

「呆《あき》れた。そのぶんじゃまだ、口も吸っちゃいねぇんだな」

「す、するわけないじゃないですか」

「なんでだい。お妙さんだって、生身の女だぜ」

下谷御成《したやおなり》街道を真《ま》っ直《す》ぐに南下すると、神田川《かんだがわ》。川風混じりの涼風を頬に感じれば、お妙の住む神田花房町はすぐそこである。こちらを見てにやりと笑う柳井殿は只次郎の目にも渋く映り、こんな男ならば好きな女を前にしても気後れしないのだろうと羨《うらや》ましく思う。

「まぁいいさ。他の男に掻《か》っ攫《さら》われても、悔しいのは俺《おれ》じゃない。せいぜい手をこまねいて見てるがいいよ」

『ぜんや』の明かりが見えてきて、柳井殿は「じゃあな」と歩調を早める。店はまだやっているが、只次郎は「寄って行かないんですか」と誘うこともせず、その後ろ姿を見送った。そんな気働きができぬほど、呆然《ぼうぜん》としていたのである。

好き勝手を言われたものだ。たしかにお妙が他の男とくっついても柳井殿には関係のないことだろうし、振られたときの痛みだって柳井殿のものではない。徒《あだ》おろそかに焚《た》きつけて、若者が恋に散る様を見たいのだろうか。

近江屋の用心棒に収まった重蔵だってそうだ。『ぜんや』を去る前日の夜、寝る前になって「お妙さんを頼む。拙者は陰ながらそこもとらの幸せを願おう」と言いだした。身を引くなら好きにすればいいが、なぜ只次郎に後を託すのか。

言われずとも只次郎だって、お妙と一緒になりたい。口も吸いたい。肌だって合わせたい。

「だけど、向こうにその気がなきゃなんともならないじゃないですか」

往来に一人佇《たたず》んだまま、声に出していた。ずいぶん小さくなった柳井殿の後ろ姿には、おそらく届かない。川辺をそぞろ歩いていた男が、ぎょっと目を剥いただけだ。

只次郎がそちらに顔を向けると、わざとらしく口笛を吹きながら去って行った。

河原へと続く土手の縁に、露草が揺れている。風がひときわ強く吹いた拍子に、そこからふわりと小さな光が立ち昇った。

蛍《ほたる》である。一匹、二匹、三匹と、明滅しながら飛び違い、また露草に翅《はね》を休める。まるで只次郎の身の上のごとく、あてどない飛びかたであった。

そうか、もうそんな季節か。小さな虫に妙な愛着を覚え、只次郎は目を細める。このあたりは蛍の名所というほどではないけれど、それでも五月も半ばになれば多く飛び交い、それを目当てに夕涼み客も集まってくる。子らは長竿《ながざお》の穂先に竹の葉を結わいつけたものを振り回し、蛍を摑《つか》まえんとする。

その賑《にぎ》わいを逃す手はない。只次郎はあることを思いつき、一人小さく手を打ち鳴らした。

二

醤油の焦げる香ばしいにおいが、空《す》きっ腹《ぱら》をさらに切なくさせる。もはや習慣となった朝稽古《あさげいこ》を終えて、さっきから腹が鳴りっぱなしだ。

お妙が七厘で炙《あぶ》っているのは、握り飯である。残り物の冷や飯に削りたての鰹節《かつおぶし》を混ぜ込んで、薄く醤油を塗って焼く。あとは隠元《いんげん》の胡麻《ごま》和《あ》え、白瓜《しろうり》の浅漬け、納豆汁。素朴だが体がほっと落ち着く朝餉《あさげ》である。

「ああ、旨《うま》ぁい！」

焼きたての握り飯を口いっぱいに頬張り、只次郎は思わず天を仰いだ。決して大袈《おおげ》裟《さ》ではなく、本当に旨い。削りたての鰹節は香りよく、しかも脂をより多く含んだ腹側の身の節を用いたというから、蕩《とろ》けるような口当たりである。醤油の香ばしさがさらに旨みを引き立てて、たかが握り飯と笑えない。

瞬く間に一つ食べ終えて、只次郎は納豆汁を啜《すす》る。ふと目を上げれば床几の隣に腰掛けたお妙が微笑《ほほえ》みながらこちらを見ており、気恥ずかしく笑い返した。

柳井殿に昨夜変なことを吹き込まれたせいで妙に意識してしまい、普段どのようにしてお妙と接していたのかが分からない。重蔵が『ぜんや』を後にしてからというもの、朝食はお妙と二人きり。ただでさえ給仕のお勝が通ってくる昼四つ半（午前十一時）ごろまでは、気もそぞろに過ごしてきたというのに。

場合によってはお妙はまだ化粧前だったりして、艶《なま》めかしい素肌にいっそうどぎまぎさせられる。その一方でお妙に構えた様子はなく、平気で素顔をさらしていられるほど、只次郎を意識してはいないのだ。

そんな心情が手に取るように分かるぶん、只次郎が迫ったところで受け入れてもらえるとは思えない。そもそも自分は本当に、お妙と所帯を持ちたいのだろうか。身分の違いが邪魔をして、はじめから夢物語のようなものと諦めていたのだが。

腰のものを捨ててお妙と夫婦になり、居酒屋の亭主に収まる。はたしてそれが、己の望むところなのだろうか。

「どうなさいました、林様」

お妙が困ったように首を傾《かし》げ、ようやく只次郎は、その顔を食い入るように眺めていたのだと気がついた。涼しげな瞳《ひとみ》に見つめ返されて、慌てて身を引く。

「あ、すみません。ちょっと、考えごとを」

「あら、またなにか悪だくみを？」

「やめてくださいよ、人聞きの悪い」

くすくすと、お妙が楽しそうに笑う。きゅっと持ち上がった形のいい唇に、只次郎の目は釘づけになる。柳井殿に口吸いがどうのと言われたせいで、やけに気になってしまう。

いけない、このままでは劣情に任せ、よからぬことに及びそうだ。別の欲を満たして紛らわそうと、只次郎はもう一つの握り飯にかぶりついた。

やはり旨い。口の中のものを飲み込むと、先走りそうだった気持ちがどうにか鎮まった。危ないところだったと、手についた米粒をついばみつつ秘《ひそ》かに胸を撫《な》で下ろす。

頭を切り替えよう。そう思い、只次郎は「ああ、そういえば」と話を切り出した。

「はぁ、また出店《でみせ》ですか」

只次郎の案を聞きながら、お妙は真剣な眼差《まなざ》しで、湯呑《ゆの》みに番茶を注《つ》いでいる。頭の中ではすでにあれこれと、考えが巡らされているようだ。

「ええ、蛍目当ての客に、ずいぶん売れると思うのですが」

せっかく人が集まるのなら、商売に繋《つな》げぬ手はない。これまでにも『ぜんや』では山王祭に白玉を、節分にはけんちん汁を供してきた。蛍を見にきた客にもなにか、蒸し暑さを払うさっぱりしたものを振舞えないかと考えたのだ。

「そうかもしれませんね。でも正直なところ、人手が足りないのではないかと」

お妙は湯呑みを只次郎に差し出しながら、冷静に問題点を突いてゆく。以前は重蔵が手伝っていたし、いざとなれば裏店《うらだな》に住むおえんの力も借りられた。だが重蔵はもうここにはおらず、おえんも身重で悪阻《つわり》に苦しんでいる。食べ物のにおいを嗅《か》いだだけで吐き気をもよおすというのだから、給仕などとてもじゃないが頼めない。

「そこは私がしっかりと、三人分働きますよ」

只次郎はそう言って己の胸を叩《たた》く。けんちん汁のときに給仕や銭勘定を手伝ったので、もはやお手のものである。

「それはありがたいですが、居酒屋のお客さんをないがしろにできませんから、出店は出せても一日というところでしょうか」

「一日でも構いませんよ。たとえば蛍が一番多く飛び交う、半夏生《はんげしょう》のころなんていかがでしょう」

半夏生は夏至《げし》から数えて十一日目。暦によれば、今年は五月二十四日である。ちょうど梅雨の明けるころだ。

「だったらなんとか、できそうですが」

軽く握った手を口元に当て、お妙はまだなにか考え込んでいる。

「あとは、なにを作るかですか？」

だいたいの見当をつけて先回りして尋ねてみると、「ええ」と頷《うなず》く。

「たくさん作っておいて、あとはよそうだけの料理でないと。やはり白玉でしょうか」

「それもいいですが白玉なら白玉売りもおりますし、欲を言えば他にないものを出したほうが喜ばれるかと」

「他にないもの。さっぱりとしていて、よそうだけのもの――」

お妙がこめかみを揉みながら、ううんと唸《うな》る。只次郎もさっきまでの妖《あや》しい気分は吹き飛んで、一緒になって考える。

「汁物、ですかね」握った拳《こぶし》を顎《あご》に当て、呟《つぶや》いた。

「そうですね。夏らしく口当たりのいい――。ああ、胡瓜《きゆうり》の冷汁《ひやじる》なんてどうでしょう」

「胡瓜？」

「暑くて食が進まないときに、たまに作るんです。薄く切った胡瓜と茗荷《みようが》を入れてサッと煮て、井戸水で冷やしておいたお吸い物です」

「はぁ、なるほど」

胡瓜の薄切りが浮いている吸い物とは、味の見当がつかず只次郎は首を捻《ひね》る。なにせ武士は胡瓜を食べないので、いいとも悪いとも言い難い。

「あっ、すみません。失礼しました」

只次郎の歯切れの悪さに気づき、お妙はハッと息を飲んだ。胡瓜を輪切りにしたときの模様が、公方《くぼう》様の葵《あおい》の御紋に似ている。だから武士は畏《おそ》れ多いと、胡瓜を口にはしないのだ。

「いいえ、そんな。謝ってもらうほどのことでは」

忠義などさほど持ち合わせていないつもりでも、武家に生まれればこういった刷り込みがある。家を捨てて出てきても、まだ胡瓜を食することに躊躇《ちゅうちょ》があるとは、我ながら滑稽《こっけい》に思えた。

『ぜんや』でも胡瓜の料理が出ることはあるが、お妙は只次郎に勧めぬようにしている。胡瓜の冷汁とやらも、口にせねば済むことだ。味見ができないのは非常に残念ではあるが、そこは我慢するしかあるまい。

「目新しくて、お客にも受けると思いますよ」

「ですが――」

うっかり胡瓜料理を思いついてしまったのを悔いているのか、お妙の瞳はまだ思案げに揺れている。そしてちらりと、白瓜の浅漬けを横目に見た。

「では胡瓜の代わりに、白瓜にしましょう。それだと汁は醤油味より、澄まし味噌《みそ》仕立てにしたほうが合うかもしれませんね」

具だけでなく味つけまで変えて、お妙はその思いつきに満足したように頷く。澄まし味噌仕立ては味噌汁を布で漉《こ》し、濁りを取り除いたものだ。これまでにも、何度か作ってもらったことがある。

「お気遣いをすみません」

「そんな。お客様の中にはお忍びのお武家様もいらっしゃるかもしれませんから、気づけてよかったです」

たしかに武士といっても、下を見ればきりがない。身軽な者であれば、蛍に誘われふらふらと歩き回ることもあろう。そうとは知らず胡瓜の汁物などを出しては、ひと悶着《もんちゃく》があったかもしれない。

「それに、林様だってやっぱり召し上がりたいでしょう?」

お妙は只次郎の食いしん坊っぷりを、さすがによく分かっている。胃袋をしっかりと握られて、只次郎は「ありがとうございます」と苦笑した。

三

出店を出すと決めた半夏生までに、柏木からお栄の奥勤めは叶いそうだとの一報が入った。なんでも公方様つきの御年寄《おとしより》が、引き受けてもよいと申し出てくれたそうである。

それほどの身分となると部屋子も常に二、三十人は抱えており、そのうちの一人となるわけだ。夏が終わるころには奥に上がるようにとのお達しで、林家では準備に大童《おおわらわ》になっている。

そこまで話が進んでしまったら、只次郎にできることはもうなにもない。あとはお栄が病気をせず、元気に勤めに出られるようにと祈るばかりであった。

さて神田川のほとりでは、日を追うごとに飛び交う蛍の数が増えてゆく。夜になると足元にも星々が散らばっているような、不思議な光景を見ることができる。夏至を過ぎたころには天と地との境目が分からぬほどに、あちらこちらで光っていた。

「このぶんじゃ今夜は、雨になりそうにないね」

開け放した戸口の外に立ち、お勝が空を見上げている。天気の読みづらい時季でもあり、もし雨なら翌日に、その日も雨ならさらに次の日に、出店を日延べしようと考えていたが、杞憂《きゆう》に終わったようである。

昨日までじとじとと降り続いていた雨が嘘《うそ》のように止《や》み、お天道様が照っていたぶん、じっとしていても汗が滲《にじ》み出るほど暑い。陽《ひ》が傾きかけていてこれなのだから、夜も蒸し暑さが残りそうだ。きりりと冷えた冷汁は、きっと人気が出るだろう。

「そろそろ、縁台を外に出してしまいましょうか」

木綿の着物に着替えた只次郎は、袖《そで》を襷掛《たすきが》けにしつつ、粗末な草鞋《わらじ》に足を通す。尻《しり》っ端《ぱ》折《しょ》りの股引《ももひき》姿。頰《ほお》っ被《かぶ》りで髷《まげ》を隠した、町人の風体である。

「三度目ともなると、なんだか『只《ただ》さん』も見慣れちまったねぇ」

天気をたしかめて店の中に戻ってきたお勝が、只次郎をあだ名で呼ぶ。町人に扮《ふん》しているときの呼び名である。

「いやにしっくりきちまってますねぇ」

小上がりに座る菱屋のご隠居は、蔓紫《つるむらさき》と小海老《こえび》のかき揚げを頰張りつつ可笑《おか》しそうにしている。今日は、噂《うわさ》に聞く只次郎の扮装を見にきたようなものである。

「お似合いですよ」とお妙に褒められたところで、肝心の只次郎は前ほど心が浮き立たない。腰に大小を差さぬ身の軽さも、以前は嬉《うれ》しかったはずなのに、今は心許《こころもと》なく感じていた。

「さぁ、売りますよぉ！」

沈みがちな気持ちを鼓舞し、表通りに縁台を運び出す。西の空は見事な夕焼け。本当に雨の心配はなさそうである。蛍の光の邪魔になってはいけないから、外に行灯《あんどん》は置かぬことにした。店の戸口を開けておけば、手元くらいは見えるだろう。

「ふぅ」

こめかみから流れ落ちてくる汗を拭《ぬぐ》い、整えた縁台に腰掛ける。そうやって少しぼんやりしているだけでも、様々な人が目の前を横切ってゆく。侍、老婆、どこぞの商家の奉公人、帰りを急ぐ職人に、お喋《しゃべ》りが止まらぬおかみさんたち。

あたりまえだが皆只次郎とは違う人間であり、人の数だけ人生がある。そんなことがなぜか不思議に思えるのは、自分がここで立ち止まっているせいだろうか。

「あの、只さん」

慣れぬ呼び名がくすぐったい。振り返るとお妙が椀《わん》の載った折敷《おしき》を手に立っている。

「よろしければ、召し上がりませんか」

出店で売ることになっている、白瓜の冷汁である。鍋《なべ》いっぱいに作ったのを、大きな盥《たらい》に井戸水を張って冷やしておいたのだ。ほどよく冷えている証《あかし》に、お椀の表面にはびっしりと雫《しずく》が浮いている。

「もちろん、いただきます」

椀の中身も見るからに涼しそうだ。澄んだ汁に、薄く切られた白瓜と茗荷、針生姜《はりしょうが》が浮いている。白瓜の皮の緑が瑞々《みずみず》しい一品である。

「はぁ、生き返るぅ」

ひと口啜ると冷たい汁が喉を滑り落ちてゆき、体の熱を鎮めてくれる。鰹出汁《だし》がよく効いて、色は澄んでいるがしっかりと味噌の味だ。歯応《はごた》えが残るようサッと茹《ゆ》でられただけの白瓜はほのかに青臭さが残り、そこにまた涼を感じた。

「旨いですね。評判になりますよ、これは」

「だといいんですが。おえんさんもさっき、残さず食べてくれました」

悪阻に悩むおえんも、これならば喉を通りやすかろう。運動を心掛けるようになってからずいぶん痩せたが、子を宿してからはげっそりしている。食べられるものがあるなら少しは安心だ。

「不思議ですねぇ。冬にはもう、身二つになっているんですから」

人の営みというものは、立ち止まってみれば実に不思議なことばかり。いつもの癖で腰の長刀に肘《ひじ》を置こうとして空を切り、只次郎はひっそりと笑った。

目の前を、えっほえっほと駕籠《かご》が走り抜けてゆく。蚊帳《かや》売りの声が遠くに聞こえ、真っ黒に日焼けした男が大工道具を担いで歩く。額に汗して働く者の尊さに、頭の下がる思いがする。

ねぐらへと帰る烏《からす》が、カアカアと互いに呼び交わしながら飛んで行った。もうまもなく、日が暮れる。

「綺麗ですね」

夕日に赤く染められて、お妙が西の空にうっとりと目を向けた。お妙さんのほうがよっぽど綺麗ですよと、只次郎は胸の中だけで呟く。

白瓜の冷汁、一杯十文也《なり》。

日暮れ前から表の板戸に貼《は》り紙をし、さぁいつでもござれと待ち構えていたが、いっこうに客の来る気配がない。

人通りは、ぽつりぽつりと増えているのだ。団扇《うちわ》を手に、光りだした蛍を追う湯上りらしき姉さんたちがおり、それを眺める助兵衛男も次々に足を止める。

「冷たぁくて美味《おい》しい、白瓜の冷汁はいかがですかぁ！」

だが彼らの耳に届くよう声を張り上げたところで、誰《だれ》もこちらを見ようとしない。節分に売ったけんちん汁は、寒空に立ち昇る湯気が人の気を引いたのだろう。その点冷汁は、遠目にはなにも訴えかけない。

また誰もが知っているけんちん汁とは違い、どんな料理か分かりづらいのも難儀な点だ。どうしたものかと腕を組んでいるところに、酒問屋の升川屋が「よぉ、やってるかい」と現れた。

「ああ、ちょうどいいところに！」

その顔を見て閃《ひらめ》いた。小上がりに座るご隠居にも「すみません」と手招きし、二人を縁台に座らせる。それから冷汁を二人前出し、「大袈裟なくらい旨そうに食べてください」と耳打ちをした。

「おおっ、なんだいこりゃ。白瓜の冷汁とは、ずいぶん珍しいね！」

「今日は暑いですから、これはありがたい。手に持っただけでもひんやりとしていますよ」

「旨《うめ》ぇ！　喉にすっと入ってくぜ」

「白瓜がまた、爽やかですねぇ」

「ずいぶん汗をかいたから、塩気がまたいいやね。おい兄さん、もう一杯おくれ！」

サクラである。ご隠居も升川屋も、なかなかの役者ぶりだ。もっとも『ぜんや』で飯を食べているときと、あまり変わらないような気もするが。

「へぇ、なんだか美味しそうだねぇ」

「一杯いただいて行こうよ」

「ちっとも汗が引かないもんねぇ」

よし、一番食いついてほしかった相手の興味を引いた。さっきまで蛍を追っていた姉さんたちである。只次郎は小躍りせんばかりに、「はい、どうぞいらっしゃいませ！」と声を張った。

色っぽい女が表に並んで座っていると、嫌でも往来の耳目を集める。中には「なに食ってんだい？」と話しかけてくる男もおり、「じゃあ俺も一杯」と注文が入る。

そうやって一度口にしてしまうと、さすがはお妙の料理だ。「旨い」「こりゃあいい」「はじめて食べる味だなぁ」と評判が広まり、じわりじわりと客足が増えてきた。

「兄さん、その冷汁ってのを、俺にも一杯」

「ちょっと、さっき頼んだのがまだなんだけど」

「なぁこれ、持ち帰りはしてねぇのかい？」

お陰さまで暮れ六つ半（午後七時）ごろには、店の前はたいそうな賑わいとなった。

「はいはい、ただいま！　すみませんが、持ち帰りはしておりません」

只次郎とお勝は休む間もなく、客の間を駆け回る。重蔵が抜けたぶん、汁を一杯十文にして勘定を楽にしたつもりだが、それでもなかなか追いつかぬ。

節分のときは暖を求めて店の中に落ち着く客も多くいたが、今夜はほとんどが外で、蛍を愛《め》でつつ食べたがる。集まった客が往来や裏木戸の前を塞《ふさ》がぬよう、注意を促すのも骨だった。

「おい、のろま！　後に来た客のほうが先に汁を飲んでんじゃねぇか。どうなってんだよ、おい！」

夜が更けてくると、よそで飲んできたらしき酔客が、手際の悪さに声を荒らげる。

「ああ、申し訳ございません。すぐに持ってまいります」

「謝って済むなら奉行所はいらねぇ。金なんか払わねぇぞ！」

相手は白髪混じりで体格がいいわけでもなく、凄《すご》まれてもべつに怖くはない。だが二刀を差していれば目を逸《そ》らすであろうこんな輩《やから》に、町人になれば絡まれるのかと、妙な感慨を覚えてしまったせいで応対が遅れた。

その隙《すき》に、折敷を持ったお勝が割って入る。

「はい、お待たせ。十文だよ」

「なんだよ、俺は払わねぇって」

「それじゃあただの食い逃げだね。あんたこそ奉行所に突き出してやろうか」

ただでさえ迫力のある面相のお勝が、男を間近に睨《ね》めつける。男は「チョッ！」と舌打ちをしただけで、懐《ふところ》から素直に十文を取り出した。

市井に生きる者は、たくましい。自分は世間の波に揉まれながらうまく泳いでいけるのだろうかと、ますます自信がなくなった。

宵五つ（午後八時）を過ぎると、客足はいくぶん緩やかになった。

只次郎はいったん店の中に入り、一杯の水で喉を潤す。蛍に目を向ける暇もないほど動き回っていたので、すっかり汗だくだ。頬っ被りの手拭《てぬぐ》いを外し、首元を拭う。

「お疲れ、只さん。賑わってるねぇ」

小上がりでご隠居と飲み直している升川屋が、威勢よく声をかけてくる。その他には冷汁に誘われ一杯ひっかける気になった一見《いちげん》の客の姿が、ちらほら見えた。

「おかげさまで。先ほどはありがとうございます」

この二人がサクラを演じてくれねば、客はここまで集まらなかった。只次郎は笑顔で礼を言い、頬っ被りをしなおした。

「本当に似合ってるなぁ。はじめ、誰かと思ったぜ」

「いやぁ、それほどでも」

升川屋に町人拵《ごしら》えを褒められて、複雑な思いで首の後ろを掻く。気を抜くと姿勢がよくなりすぎるので、猫背を心掛けている。この姿を見て只次郎が武家だとは、おそらく誰も気づかないだろう。

「でも大丈夫なんですか。たしか三河屋さんが『タダさん』を探しているんですよね」

ご隠居がさほど心配している様子もなく、にやにやと笑いながら尋ねてきた。

只次郎は町人拵えのときに味噌問屋三河屋の上の娘、お浜《はま》を助けたことがある。それを機に惚《ほ》れられてしまったらしく、お浜の意を汲んだ三河屋が、『タダさん』について聞き回っていたのだ。

「あれからもう、一年近く経《た》ってるんですよ。さすがに熱も冷めたでしょう」

若い娘の恋心など、一時の気の迷いのようなもの。特にお浜は世間知らずで、男に慣れておらず惚れっぽい。おそらく『タダさん』のことなどすっかり忘れ、今ごろ別の男に熱を上げていることだろう。

「それに三河屋さんは今日、落合《おちあい》に行くって言ってたぜ。だからこっちにゃ来ないだろうよ」

「そうなんですね。三河屋さんも蛍狩りかな」

落合の姿見《すがたみ》橋のあたりは、江戸屈指の蛍の名所である。日本橋からなら男の足で、半刻《はんとき》（一時間）あまり。ほとんど江戸の外れだが、あのへんの蛍は特に大きいらしく、人気があった。

「おあと、冷汁二杯！」

表に新しい客が来たようだ。お勝が戸口で声を張り上げ、調理場のお妙が汁をよそう。

「冷汁、あと十杯ほどで終わりです」

たっぷり用意してあったのに、よく売れたものだ。あと少しとあっては、こんなところで油を売っている場合ではない。

「では、売り切って来ますね」

そう断って、只次郎は表に舞い戻る。その途中でよそったばかりの椀を二つ持って出た。

「お代はまだだよ、只さん」

「はい。お待たせしました、合わせて二十文になります」

耳元でお勝に囁《ささや》かれ、お代を受け取る。ようやく息が合ってきた。と思ったら、出店もそろそろ終わりである。

「ごちそうさま、旨かった」

「ありがとうございます。お気をつけて」

立ったまま汁を掻っ込んでいた客に、空になった椀を手渡される。ついでに縁台に出しっぱなしになっている椀も下げようと身を屈《かが》めたところに、背後から猛烈な勢いでなにかがぶつかってきた。

「えっ、なに？」

軽くよろけたが、足を突っ張って持ち直す。締めつけを感じると思ったら、腰に女の腕が巻きついていた。

「只さん、空になった器をもらいます――」

喋りながら店から出てきたお妙が、只次郎に目を留めてぎこちなく立ち止まる。

なにが起こっているのか。首を捻って背中に貼りついている者の正体を見極めようとするも、島田《しまだ》に結った頭しか窺《うかが》えない。ちらりと見えた絽《ろ》の着物は上等で、しかるべき家の娘と思われる。

「やっぱりタダさんですね。やっと会えた！」

娘は只次郎に抱きついたまま、そう言ってさらにしがみついてきた。聞き覚えのある声だった。

「おいおい。なんだい、急に走りだしちまって」

人垣と化した見物を搔き分けて、前に進み出てきたのは三河屋だ。ならば間違いあるまい。腰にすがりついているのは、三河屋の娘のお浜である。

「なんだ、なにをしているんだ！」

愛娘《まなむすめ》がどこぞの男に抱きついているのを見て、三河屋が血相を変えた。夜目ゆえに、相手が只次郎とは気づいていない。

「おいお前、娘から離れろ！」と怒鳴られても、お浜が放してくれないので身動きが取れなかった。

「なんとか言ったらどうなんだ！」

ついに肩に手をかけられる。店から洩《も》れる明かりの下、三河屋としっかり目が合った。

「えっ。あれ、林様？」

赤黒い三河屋の顔が、拍子抜けしたように緩む。只次郎はなにも言えず、軽い会釈だけを返した。

四

その夜三河屋は二人の娘にねだられて、落合まで蛍を見に出かけていた。見事なまでの蛍の乱舞に娘たちは歓声を上げ、楽しげに過ごしていたのだ。

ところが、明滅する蛍の光は、雄と雌が呼び合っているのだ。そう教えてやると、お浜が急に泣きだした。

「父様《とと》はちっとも『タダさん』を見つけてくださらない」

涙ながらに三河屋を責めだし、いっこうに泣き止まない。だから帰りはしかたなく、『ぜんや』のある外神田を通ってゆくことにしたらしい。

驚いたことにお浜の熱は、まだ冷めてはいなかったのだ。

なにせ一度は出入りの小間物屋に懸想《けそう》して、駆け落ちを企てたお浜である。あんなことはもう二度とごめんだと、三河屋が警戒して男を近づけぬようにしていたために、他に目移りをする余地もなかったわけだ。

それでも日々の暮らしに紛れ、『タダさん』への思慕は薄れていったように見えたのだが。蛍の話を機に思い出し、当人と再会したことで、再び燃え上がってしまったのである。

「まさか『タダさん』の正体が、林様だったとはなぁ」

翌日、昼の客がはけたころを狙《ねら》って『ぜんや』に顔を出した三河屋は、そう言って重苦しげなため息をついた。

その両脇《りょうわき》を固めるのは、昨日もいたご隠居と升川屋だ。ことの次第を見届けたいという野次馬根性で、三河屋と連れ立ってやって来た。人の気も知らず、物見高い目を向けてくる。

只次郎を交えて小上がりに四人、車座になっていると、お妙が温めたちろりの酒を運んできた。

「只次郎だから『只さん』ですか。お妙さんも皆さんも、人が悪い。知っていたなら教えてくれりゃよかったのに」

お妙の酌を受けながら、三河屋が恨み言を洩らす。

「失礼しました」と、お妙が申し訳なさそうに肩を窄《すぼ》めた。

「いえ、私が悪いんです。名乗り出ずにいれば、そのうち諦めてくれるだろうと思ったもので」

「すみませんね、なかなか執念深い娘で」

三河屋の言う通り、お浜は昨夜、やっと見つけた只次郎からいっこうに離れようとしなかった。人の目もあることだからと、三河屋と供の奉公人が無理矢理に引き剥《は》がし、駕籠に押し込めて連れ帰って行った。

「今朝も早くから女中を連れて『ぜんや』に行こうとしてたんでね、俺が話をつけてくるから、ひとまず大人しくしておけと説いて、どうにか納得してくれたようなもんですよ」

「駆け落ちのときもそうだったけど、なんというか考えなしに動く子だねぇ」

お勝が率直すぎる意見を述べながら、小茄子《こなす》の蓼漬《たでづ》けと鰯《いわし》の煮膾《になます》を小上がりに置く。

いっぱしの料理人は「こんな下魚《げざかな》で金はもらえねぇ」と鰯を避けるが、『ぜんや』は庶民の味方の居酒屋である。この季節は特に、鰯がよく出る。

「まったくねぇ。我が娘ながら、頭の痛いことですよ」

お妙の酌を受けてから、一同ひとまず箸《はし》を取る。

「お、これは旨いですね。蓼の辛《から》みと、小茄子の歯応えがよく合ってる」

三河屋が料理の感想を述べたので、只次郎も遠慮なく煮膾に箸をつける。小ぶりの鰯を骨まで柔らかく煮て、薄口醤油と味醂《みりん》の漬け汁で味をつけたものである。針生姜もたっぷり盛られ、口の中でほろほろとほぐれてゆく鰯の後口をピリッと引き締める。

「こちらもまた、酒が進みますねぇ」

煮膾はもう一種。同じく柔らかく煮た鰯を、卯《う》の花、梅酢、味醂を混ぜたもので和えてある。梅酢の色が移り、薄紅色に染まった衣が美しい。

「うん、こっちもしっとりして旨い。酸味がいいやね」

升川屋も満足げ。夏の鰯は下魚と馬鹿にできぬほどの旨さである。

「それでいったい、どうするんです。お浜さんもいい年頃《としごろ》でしょうに」

酒で口の中を引き締めてから、ご隠居が話を本筋に引き戻した。

お浜はたしか、今年十七になったはず。いつまでも恋に焦がれている場合ではなく、そろそろしかるべきところに嫁がねばならない。外聞もあろうから、三河屋は二度と只次郎には会わすまいとするだろう。

「それについちゃ林様に、あらためてお願いが」

案の定三河屋は只次郎に向き直り、居住まいを正す。娘には今後一切構わないでくれと言い渡されるのだと思い、身構えた。

「どこの馬の骨か分からぬ職人風情《ふぜい》なら追っ払うつもりでいましたが、林様なら願ったりだ。お浜と一緒になっちゃくれませんか」

「な、なんですって？」

三河屋が畳に手をつき、頭を下げる。只次郎の取り落とした箸がころころと、その手元に転がっていった。

武家の二、三男が商家や豪農に婿入りすることは、なにも珍しいことではない。身分を捨てても金に不足のない暮らしができるなら、婿入りする側も願ったり。でもまさか自分が三河屋から婿にと望まれるとは、思ってもみなかった。

「考えてもみりゃ林様は、ただの武士じゃなく商売の才がある。これほどいい婿がねが他におりましょうか。ぜひとも三河屋を、共に盛り立てていただきたい」

「ちょっと待って、顔を上げてください。三河屋さんには、ご子息がいらっしゃるでしょうに」

商家では息子がいても、商才なしと見做《みな》されれば跡継ぎにはせず、娘がいれば婿を取るのがあたりまえだ。だが三河屋では息子を跡取りにするつもりで、修業のため他家へ奉公に出している。只次郎が婿入りをする余地はない。

「ええ。ですから分家をして、三河屋の出店《でだな》を作っちゃどうかという話です。場所は、両国《りょうごく》あたりがいいかもしれませんねぇ。林様の才を信じ、店作りはお任せしますよ」

三河屋は手を畳についたまま、顔だけを上げて妖しく光る目でこちらを見た。まさに獲物を狙う目である。餌《えさ》はたっぷり用意されており、只次郎は思わず喉を鳴らす。

「ほほう、それはまたとない良縁ですね。林様の御父君も、喜んでくれるんじゃありませんか」

　事前に三河屋から意向を聞かされていたのか、ご隠居は驚きもせず、婿入りを勧めてくる。絶対に、ことのなりゆきを面白がっている。

　この浪人のごとき暮らしを続けるよりは、大店の入り婿になったほうが、父と母も喜ぶだろう。只次郎にとっても、惹《ひ》かれる話ではある。ここで「よろしくお願いします」と首を縦に振るだけで、なんの苦労もなく出店とはいえ店の主《あるじ》に収まれるのだ。こんなありがたいことはない。

「でも、私は――」

　只次郎は未練がましく、空になった盃《さかずき》に酒を注ぐお妙の顔を横目に窺う。

　またとない縁談ではあるが、只次郎が好いているのはあくまでお妙だ。別の女に気持ちを残したまま、出店目当てにお浜と一緒になるのはあまりにも誠実みがない。

「いやなに、みなまで言わずとも分かってますよ。お浜のことはなんとも思っていないんでしょう。でもね、林様。夫婦なんてのは、はじまりはそんなもんだ。それでも苦楽を共にするうちに、情が湧《わ》いてくるんですよ。それでいいんじゃありませんかねえ」

しかし三河屋はにこにこしながら、只次郎の逃げ道を潰《つぶ》してゆく。体裁よく断る理由が、思いつかない。

「三河屋さんの出店ねぇ。そりゃ面白そうだ。俺がやりてぇくらいだぜ」

「升川屋さんは愛らしいご新造さんがいるんだから、駄目ですよ」

「ちくしょう。いいなぁ、林様」

升川屋も羨むほどの好待遇。本当に、店作りを好きにしていいのだろうか。ならば三河屋本店が店主の配合する合わせ味噌で人気を得ているように、出店では味噌を元にした商品を売り出してもいいかもしれない。

たとえば、出汁と具を混ぜ込んで丸めた味噌玉なんてどうだ。湯を注ぐだけでたちまち味噌汁になるので、忙しい朝や独り者にはよく売れるだろう。あとは味噌をまぶした落花生《らっかせい》、味噌煎餅《せんべい》、味噌を餡《あん》にした饅頭《まんじゅう》といった、味噌菓子を出しても面白い。応じる気はないのに、次々と商売の案を思いついてしまう。やってみたいという気持ちが生まれかけている。だけど——。

只次郎は盃を手に取り、一気に干した。流されてはいけない。このような邪《よこしま》な動機で婿入りしても、お浜を幸せにできるはずがない。

空になった盃に、お妙がすかさず酒を注ぎにきてくれた。ちろりを傾ける白い手に、只次郎は目を落とす。いっそのことこの手を取ってこの場から、逃げだしてしまいたい。なにはなくともお妙とならば、幸せになれるのではないかと夢想する。

だがお妙はいつもと変わらず、にっこりと微笑みかけてきた。

「おめでとうございます。林様なら、出店もうまくなさるんでしょうね」

分かっていた。お妙は只次郎のことなど、なんとも思っていないのだと。でもまさか、まだ返事もしていない縁談を喜ばれるとは思わなかった。

「あっ、すみません」

酒の勢いがよすぎて盃から溢《あふ》れ、只次郎の袴に零《こぼ》れる。お妙が懐から出した手拭いで、濡《ぬ》れたところを拭いてくれた。

こんな触れ合いにどぎまぎしているのも、きっと只次郎だけなのだ。

「べつに、返事は今すぐでなくっていいんです。よぉく考えて、決めてください」

只次郎がお妙に振られる様を見て、三河屋が余裕を見せる。叶わぬ恋にすがりつくより、実入りを取っちゃどうですかと、言外ににおわせている。においすぎて、鼻がおかしくなりそうなほどだ。

なにを思ったかご隠居が鰯を箸で摘《つ》まみ、まったく関係のないことを話しだす。

「ところでこの鰯ってぇのは、鰤《ぶり》や鯔《ぼら》のように出世魚と言えなくもないんですよねぇ。

生まれたばかりは白子《しらす》でしょ。もう少し大きくなるとアオコ、二寸（約六センチ）を超えると小羽《こば》で、五寸ほどまでは中羽、それ以上は大羽ってな具合に名前があるそうで」

なにが言いたいのか。只次郎の立身出世など、しょせんは鰯程度ということか。

商人になりたい。己の才を、いかんなく振るいたい。そう言いふらしていたころの自分の、なんと幼かったことだろう。

只次郎はなみなみと注がれた酒も飲み干し、三河屋に向かって頭を下げる。それから声を絞り出すようにして言った。

「すみません。しばらく、考えさせてください」

遠雷

一

夏の夜は短くて、日の出と共に目覚めても、体の芯《しん》はまだ眠っている心地がする。寝苦しさに輾転《てんてん》としていたせいで、眠り自体も浅いのだ。

それでも覚束《おぼつか》ない足取りで階段を下り、つっかい棒を外して表の戸を開けてみれば、東の空は清々《すがすが》しく晴れ渡っていた。

朝焼けの日は雨が降るとよく言われるが、このぶんならば平気だろう。そもそも水無月《みなづき》という名は、雨が少ない「水なし月」からきているといった話もある。

本日十五日は土用三郎《どようさぶろう》、土用の入りから三日目にあたる日だ。この日が快晴ならばその年は豊作、雨ならば凶作とも言われている。

「今日も暑くなりそう」

晴天を喜ぶ気持ち半分、うんざり半分に呟《つぶや》き、お妙はさっそく縁台を店の外に出す。その上に、夜のうちに取り込んでおいた平笊《ひらざる》を三つ並べて置いた。梅の土用干しである。

ほどよく皺《しわ》が寄ってきた梅の実に顔を近づけ、一つ一つをとっくりと眺める。大丈夫、黴《か》びてはいない。あと一日ほど干しておけば、梅干しの出来上がりだ。

「そうだ、ついでに」

朝日を浴びて、体の中の時計も動きだす。お妙は顔を洗う前から調理場に入り、白《しろ》瓜《うり》を手に取った。両端を落として芯を抜き、くるくると渦を巻くように薄く繋《つな》げて切ってゆく。

それを昆布《こんぶ》を入れた塩水に浸し、しばらく置いておくとする。半刻《はんとき》（一時間）ほど漬けてから軒下に吊《つ》るして干せば、雷干しになる。

下拵《したごしら》えを終えて、お妙は洗面用の水を汲《く》むため、盥《たらい》を手に勝手口を出た。裏店の住人が使う井戸端が、もっとも賑《にぎ》やかな頃《ころ》おいだ。房楊枝《ふさようじ》で歯を磨く者、顔を洗う者、炊事の水を汲んでいる者、男も女もけだるげに、あるいは元気いっぱいに、朝の挨拶を交わしている。

「おはようございます」

お妙もまたその中に加わって、長柄杓《ながびしゃく》が空くのを待つ。すると同じく手桶《ておけ》を持って並んでいた箍屋《たがや》の女房に、「ねぇねぇ」と袖《そで》を引かれた。

「あの人、なんだか最近よくなったんじゃない？」

そう言って、目で示された先にいたのは諸肌《もろはだ》を脱いだ林只次郎だ。朝稽古《あさげいこ》の後なのか、こちらに背を向けて手拭《てぬぐ》いで体を拭《ふ》いている。逞《たくま》しくなったとは思っていたが、肩はまろやかに厚みが出て、筋肉の陰影が美しい。朝日が照り映える滑らかな肌に若さを感じ、お妙は思わず目を細めた。

簡屋の女房は、さすがに目聡《めざと》い。『ぜんや』の用心棒として雇っていた草間重蔵にも、たしか色目を使っていた。腰つきのむっちりとした男好きのする女で、また男が好きでもあるのだろう。

ご亭主がいるくせに。なぜか胸がむかむかして、お妙は突き放すように言い返していた。

「あの方は今、とてもいい縁談がきているんですよ」

「あら、そうなの。あたしはまた、お妙さんとできてるのかと」

「まさか」

「重蔵さんのときといい、お盛んだなぁと思ってたのにさ」

「そんな――」

あまりのことに、目を見開いた。首元がカッと熱くなるが、頭の中は真っ白で言葉が出ない。狼狽《うろた》えるお妙を鼻で笑うと、籠屋の女房はなにごともなかったかのように空いた柄杓を受け取って水を汲み、さっさと井戸から離れてしまった。

からかわれたのだ。火照《ほて》る頰《ほお》に手を当て、吐息を洩《も》らす。いい歳《とし》をして、これしきのことで慌てるなんて情けない。たしか籠屋の女房のほうが、お妙より若いはずである。

「あ、お妙さん。おはようございます」

盥を水で満たして店に戻ろうとしたところで、只次郎に気づかれた。着物を着直し、ゆったりと近づいてくる。以前ならこういうとき、なんとも嬉しそうな笑顔を浮かべていたものだが、三河屋から縁談が舞い込んでからは、目元に困惑の色が滲《にじ》んでいる。

なぜそんな顔をするのか、お妙には分からない。縁談に返事をしたのかどうかさえ、尋ねるのがはばかられる。お浜と一緒になれば三河屋の出店《でだな》を持たせてくれるというのだから、只次郎に断る理由はないだろう。

いい話である。そう思ったからこそ、「おめでとうございます」と言祝《ことほ》ぎもした。十七のお浜と二十三の只次郎なら、歳も似合いだ。納得しているはずなのに、魚の小骨のようなものが胸につかえて取れないでいる。

「盥、持ちますよ」

只次郎が横から手を伸ばしてくる。汗に濡《ぬ》れた鬢《びん》が武士らしからずほつれており、お妙もまた寝乱れ髪のまま。このような風体の男女が連れ立って同じ家に入って行けば、そりゃあ「できてる」と言われもしよう。

だからこそ只次郎の接しかたが、ぎこちなくなったのかもしれない。三河屋からあらぬ疑いをかけられぬよう、気を遣《つか》っているのだとすれば。

「いいえ、大丈夫です」

お妙は身をよじり、盥を只次郎の手から遠ざける。馴《な》れ合うのも、ほどほどにせねばなるまい。

「お気になさらず、お部屋に戻ってください」

「でも、鶯の世話をせねばなりませんから」

そうだった。もはや本鳴きの季節も終わり、貸し出していた雌鳥《めすどり》も返ってきて、『ぜんや』の内所には都合五羽の鶯がいる。飼い主である只次郎の立ち入りを、禁じられるわけがない。

「ですから、はい、持ちます」

困ったような顔をしていても、只次郎は優しい。けっきょくその手に盥を託し、連れ立って勝手口から店に入る。井戸端の面々はこの光景をどんな目で見ているのだろう、などと気にしながら。

「これ、お妙さんの部屋の前に置いときますね」

只次郎はそう言って、二階の内所へと続く階段を上ってゆく。お妙は「ありがとうございます」と、ひとまずその背中を見送った。

廊下に物を置く音、それから奥の襖《ふすま》の開く音が聞こえてくる。只次郎はお妙の部屋には入らない。親しくはあるが、互いに節度を持って接してきたのだ。

こんな暮らしが、いつまでも続くとは思っていなかった。只次郎は決して、裏店でくすぶっているような人物ではない。武士としてか、商人としてかは分からないが、いずれここを出てゆくことだろう。

でもまさか、こんなに早いだなんて。

只次郎を追うように二階に行く気にはなれなくて、お妙はさも用ありげに調理場に立つ。塩水に浸《つ》かった白瓜が、さっきよりいくぶんしんなりとしている。

白瓜の冷汁《ひやじる》なんて、作らなければ――。

ぼんやりと、蛍舞う半夏生《はんげしょう》のころを思い出す。出店《でみせ》など出さなければ、只次郎がお浜に見つかることもなかったのに。

なんて、おめでたい話なのに恨んだりしちゃいけないわ。

誰《だれ》に見られているわけでもないが、お妙は一人で首を振る。重蔵に続き只次郎まで『ぜんや』を去ることになりそうで、少し不安になっているだけのこと。思えばずいぶん世話になり、助けられもした。だがそろそろ只次郎も、己の幸せを考えるべきだ。

良人《おっと》の善助と死に別れてから、お勝の手を借りつつどうにかこうにかやってきた。あのころに戻るのだ。はじめこそ寂しさを感じるかもしれないが、きっとそのうち慣れるだろう。げんに重蔵の不在にも、慣れはじめている自分がいる。

だから、笑顔で送り出してあげないと。

涼しげな色合いをした白瓜を見下ろしつつ、お妙は己にそう言い聞かせた。

二

雷干しの名の由来は、嚙《か》むとバリバリ、雷のような音がするからという説がある。

バリバリ、バリバリ。

軒下に干しておいたのを昼過ぎに取り込み、さっぱりと三杯酢で和《あ》えた雷干しを、おえんが盛大に嚙み砕く。このところひどい悪阻《つわり》で真っ青になっていたというのに、大きな雷を響かせる。

「うちの亭主がさ、たぶん浮気してんだよ」

すっかり日も暮れ落ちた、暮れ六つ半（午後七時）。勝手口からふらりと入ってきたおえんは、「なにか食べさせとくれ」と夕餉《ゆうげ》をねだった。

食い気が出てきたのなら、喜ばしいかぎりである。炎暑の候とて口当たりのいい料理を用意してあったのも、ちょうどよかった。亭主はまだ帰っていないのだろうかと訝《いぶか》りつつも床几《しょうぎ》に座らせてやると、おえんは出された料理を嚙み砕きつつ、不穏なことを言いだしたのである。

「はぁ、浮気」

気の抜けた声が出てしまい、お妙は給仕のお勝と顔を見合わせた。

おえんは悋気《りんき》の強い女だ。相手が幼女だろうが老婆《ろうば》だろうが、亭主と目が合っただけでも浮気を疑う。近ごろ少しは落ち着いたかと思っていたのに、身重の不安がそうさせるのか、悪い癖が出てきたようだ。

「またですか」

小上がりで菱屋のご隠居を相手にしていた只次郎も呆《あき》れ顔。ご隠居までがやれやれとでも言いたげに眉《まゆ》を持ち上げる。

ところがおえんは真剣だ。

「またってなにさ！」と気色ばむ。

「今度こそ間違いないよ！」

はじめは「たぶん」だったのが、「間違いない」に変わってしまった。

「そこまで言うなら、根拠はあるんだろうね？」

お勝が腕を組み、「つまらないことを言ったらただじゃおかないよ」とばかりにすごむ。それでもおえんはひるむことなく、「あるさ！」と言い返した。

「一つ、近ごろ毎日帰りが遅い。いつもより一刻（二時間）ほど遅い」

驚いたことに、根拠はいくつかあるようだ。おえんは指を折り、高らかに数を数えはじめる。

「二つ、帰ってくる方角がおかしい。今の仕事は人形町《にんぎょうちょう》なんだけどさ、どうやら北側の木戸から帰ってくるらしいんだよ」

おえんたちが住まう裏店への、入り口は二つだ。ここ『ぜんや』に接する南の木戸と、大家の家に接する北の木戸。人形町から帰ってくるなら、南の木戸を使うのが自然である。

「三つ、これはさっき籠屋の女房から聞いたんだけどさ。籠屋が押上《おしあげ》方面で、うちの亭主を見たっていうのさ」

籠屋の女房もまた、よけいなことを吹き込むものだ。押上は大川《おおかわ》の向こう、本所《ほんじょ》の北の端である。仕事帰りにちょっと立ち寄るといった距離ではない。

「しかも声をかけたらあからさまに『しまった！』って顔して、しどろもどろだったって。そんなのもう、女がいるとしか思えないだろ？」

根拠はそれですべてらしい。おえんは熱く訴えてくるが、お妙はやはり首を傾《かし》げてしまった。

亭主はたしかに、おえんになにか隠し事をしているようだ。だが女と決めつけるのはまだ早い。

「思わないね。いや、それどころか無理がある。人形町から押上へ行って、ここに帰ってくるまでちょうど一刻はかかるじゃないか。女と会ってんなら、帰りはもっと遅くなるだろうさ」

お妙が考えていたことを、お勝がそのまま口にした。そう、女との逢瀬《おうせ》ならば、まさか顔だけ見て帰るというわけにはいくまい。行って帰ってくるだけの時間では、浮気などする余裕はないのだ。

「そんなの、分かんないじゃないか。仕事を早引けしてるのかも」

それでもおえんは聞く耳を持たない。左官であるおえんの亭主の、仕事ぶりは真面《まじ》目《め》だという。毎日早引けなどしていたら、さすがに悪い噂《うわさ》が立つだろう。

「違うとは言い切れませんけど、見込みは薄いんじゃないでしょうか」

「ほら、言い切れないんだろ。本当に浮気だったらどうしてくれんのさ！」

ついには宥《なだ》めにかかったお妙に、言いがかりまでつけてきた。一度疑いを持ってしまったら、その考えからなかなか離れられないのだ。

「もうちょっと、ご亭主を信じてやれないもんですかねぇ」

ご隠居が蛸《たこ》の湯通しを摘《つ》まみながら首を振る。生の蛸をさっと湯に通したものに、夏大根のおろしと酢醤油《すじょうゆ》、大葉の千切りを合わせてさっぱりと食す。同じものを口に入れた只次郎が、おえんの話もよそに「う〜ん」と唸《うな》った。

「信じられるもんか。男の浮気で一番多いのは、女房が腹ぼてのときだって言うじゃないか。ご隠居だって、身に覚えがあるだろう？」

「ありませんよ。あたしゃ、立場の弱い婿《むこ》養子ですよ」

「お勝さんは？」

「さてね。少なくともうちの亭主はまだ、家から叩《たた》き出されちゃいないよ」

「ひえっ。激しいですね」

自分が悪いわけでもないのに、只次郎が怯《おび》えたように肩を縮めた。意外に苦労人のご隠居が、「そういうもんですよ。林様もお気をつけなさい」と諭している。お浜と一緒になるのを見越しての忠告かと思うと、胸が軽くざわついた。

「ああ、もう。気が立ったら腹が空《す》いてきちまったよ。お妙ちゃん、もっと持ってきとくれ。それから飯も」

「大丈夫ですか。今日は新生姜飯《しんしょうがめし》ですが、白飯もできますよ」

「いいねぇ、新生姜にしとくれ」

ついこの間まで飯が炊けるにおいが気持ち悪いと言って、『ぜんや』に寄りつこうともしなかったおえんである。怒りのあまり、悪阻を抜けてしまったのだろうか。

「かしこまりました」

ともあれ子の成長を思えば、食べられるのが一番だ。お妙は頷《うなず》き、いそいそと準備に取りかかった。


火を使っている調理場は暑く、しゃがんで七厘《しちりん》など扱っていると眩暈《めまい》がしてくる。少しでもと涼を求め、お妙は七厘を風通しのいい戸口に置き、飯を炊いた。

炊き上がりが近づくにつれ、新生姜の爽《さわ》やかな香りが店中に広がってくる。そうなると小上がりの只次郎もご隠居もたまらずに、「こっちにも新生姜飯を！」と所望する。

なんてことはない、千切りにした新生姜と昆布を入れて炊いただけの素朴な飯だ。味つけは酒と醬油。特別なことはなにもないが、昼間の暑さに疲れた体に、この香りは心地よい。

お菜《さい》は油で揚げてから水に取って皮を剝《む》き、薄口の出汁《だし》に浸けておいた翡翠茄子《ひすいなす》、隠元《いんげん》の胡麻《ごま》和え、炒《い》り豆の紅生姜揚げに使った紅生姜は、梅干しを漬けるときに出た梅酢で作ったばかりのものだ。それから水晶豆腐の澄まし汁。片栗粉《かたくりこ》をまぶした豆腐をいったん茹《ゆ》で、水に取ったものを澄まし仕立てにした。叩いた梅肉を少し散らし、目にも涼しげな出来栄《できば》えである。

「うん、どれも食べやすい。特にこの水晶豆腐なんて、ちゅるんと口に入っちまうよ」

おえんはひとまず怒りを忘れ、食に専念することにしたようだ。旨《うま》いものを食べながら怒り続けるのは難しいのである。

「それにこの新生姜飯の風味ときたら。ああ、まともな飯を食べたのは何日ぶりだろうねぇ」

胸が悪くなるからと言って、米といえば薄い粥《かゆ》を三口ほど啜《すす》るのが関の山だったのに、昨日までと同じ人間かと疑うほど箸《はし》が進んでいる。いきなりそんな量を食べて大丈夫かと危ぶむお妙に、おえんは「蛸も出しとくれ」と言うではないか。

蛸の湯通しと、捌《さば》くときに出た吸盤を粗塩で焼いたものだ。

「まぁいいんじゃないかい。なんせ二人分だし、悪阻が抜けりゃ腹も減るさ」

お勝に目配せをするとそう返ってきたので、けっきょくすべての料理を出してしまった。

「うん、旨い。飯にしっかり、生姜の風味が染みてますね」

「生姜飯っていうと油揚げが入ってることもありますけど、爽やかさを出すためにあえて入れなかったんでしょうねぇ」

少し遅れて只次郎とご隠居も、新生姜飯に舌鼓を打つ。その間にもう、おえんは二杯目に取りかかっている。

風が通るよう、表と裏の戸は開け放してあった。その裏から、顔を覗《のぞ》かせた者がいる。

「ああ、ここにいたのか。家にいねぇからびっくりしたぞ」

その声はおえんの亭主だ。よく日に焼けているため暗がりでは顔が見えづらいが、近づくにつれ行灯《あんどん》の灯の中に浮かび上がってくる。おえんの姿を認め、亭主はほっと頬を弛《ゆる》ませていた。

「なんだ、飯を食ってんのか。体はもういいのか？」

病気でないとはいえ、苦しむ妻を間近に見てきて、心を痛めていたのだろう。亭主の声が、心なしか弾んでいる。だが床几に並んだ料理に目を遣《や》ったとたん、みるみる顔がこわばった。

「おい、そりゃ生姜飯か」

鼻をスンスンと鳴らし、香りをたしかめている。おえんがそっぽを向いて答えないから、お妙が代わりに頷いた。

「ええ、そうです。多めに炊きましたから、一緒に召し上がっていきませんか」

「お妙さん、なんてことを！」

にこやかに勧めてみたが、亭主はおえんの手から茶碗《ちゃわん》を奪い取り、こちらを睨《にら》みつけてくる。「なにすんのさ！」というおえんの不平を聞き流し、詰め寄ってきた。

「知らねぇのかい。妊婦に生姜を食わせたら、指に障りのある子が生まれるって昔っから言うじゃねぇか」

ずいぶんな剣幕だ。お妙はきょとんと目を瞬《しばたた》く。

「ああ、茄子も蛸も食ってやがる。茄子は体を冷やすし、鱗《うろこ》のない魚は髪のない子が生まれてくるんだぞ！」

きょとんとしているのはなにも、お妙だけではない。小上がりの只次郎とご隠居も、互いに目を見交わしている。

「蛸って魚に入るんですか？」

「さて。大きなくくりで言えば魚なのかもしれません」

この中でただ一人子を産んだことのあるお勝だけが、おえんの亭主に応じた。

「たしか妊婦が蛸を食べると、蛸の疣《いぼ》みたいに吸いついて難産になるってのもあったねぇ」

「知ってんじゃゃねぇか！」

「迷信さ」

お勝は色をなす亭主をぴしゃりと撥《は》ねつける。相手がひるんだ隙《すき》に茶碗を取り上げて、おえんの手に戻してやった。

「あたしなんか悪阻のときに、なぜか生姜の甘酢漬けだけは美味《おい》しくてねぇ。そればっかり食べてたけど、息子たちにはなんの障りもないよ。酢の物もずいぶん食べた。胡瓜《きゅうり》と蛸のね。それでもするりと生まれてくれたさ」

実際に妊娠、出産を経験した女の言葉は強い。おえんの亭主は一瞬ひるみ、負け惜しみを口にする。

「だけど俺《おれ》は、いろんな人に聞いて回ったんだ」

「それが迷信だって言うんだよ」

「そうだそうだ！」

おえんはやけっぱちのように、手元に戻ってきた新生姜飯を掻《か》き込む。飯粒を飛ばしながら、己の亭主に食ってかかった。

「そんなのいちいち信じてちゃ、食うもんがなくなっちまうよ！」

「なんだよ、そんな言いかたねぇだろ。俺はお前と子のためにと思って」

「はぁ、どの口が言ってんだか」

「この口だよ！」

「へぇ、よその女を口説くのに忙しい口かい？」

「なんだと！」

「ちょっと、おえんさん」

喧嘩腰《けんかごし》はいけない。お妙の見立てでは、おえんの亭主はおそらく浮気などしていないのだ。だが袖を引くお妙を振り払い、おえんは足を踏み鳴らして立ち上がった。

「お前、また俺を疑ってんのか」

「そりゃあ疑いもするさ。毎日押上くんだりまで、いったいなにしに行ってんだい！」

「な、なんのことだ！」

まさか押上に通っていることが、ばれているとは思っていなかったのだろう。亭主はとっさに取り繕うが、遅かった。たとえほんの一瞬でも、亭主の狼狽《ろうばい》を見逃すほど、おえんは鈍くない。

「やっぱり行ってんだ。毎日行ってんだね！」

「ち、違う」

「なにが違うってのさ」

「浮気じゃない」

「じゃあ、なにさ！」

問い詰められて、おえんの亭主はついに押し黙ってしまった。

ここでなにも答えないのは、悪手である。おえんはますます激してくる。

「ほらね、やましいことがあるから答えられないんじゃないか！」

「まぁまぁ、おえんさん」

夫婦のやり取りに、やんわりと割り込んできたのはご隠居だ。さすがに人を宥めるときの声色というものをよく分かっている。

「そんなふうに頭ごなしに問い詰めちゃいけません。きっとわけがあるんでしょうよ。

落ち着いて聞いてみちゃどうです」

おかげで頭が冷えたようだ。肩で息をしていたおえんは、ひときわ大きく息を吐き出すと、おとなしく床几に座り直した。

「悪かったよ。でも正直に話しておくれ。なんのために、押上くんだりまで通ってんだい？」

精一杯己を抑え、懇願するように亭主を見上げる。だが当の亭主は、おえんの目から逃れるように顔を背け、うつむいてしまった。

「それは、言えねぇ」

「なんでさ！」

おえんは飛び上がり、亭主に摑《つか》みかかろうとする。お妙はとっさに後ろから、その体を抱きとめた。

「おえんさん、お腹《なか》に障りますよ！」

以前の肥え太っていたおえんなら、完全に力負けしていただろう。だが目方を落とした上に、ひどい悪阻が明けたばかりの体なら、どうにか取り押さえることができた。

「すまねぇ。でも信じてくれ。やましいことはなにもないんだ」

「そんな言い分の、なにを信じろってんだい！」

おえんの怒りももっともである。やましくはないが言えないこととはなんなのか。そんなふうに言葉を濁されては、こちらまで気になってくる。それでも妊婦にとって害になるものはなにかと、人に聞き回っているくらいだ。多少の見当違いはあれど、おえんの亭主が身重の妻を思い遣っているのはたしかである。だからきっと、おえんが目くじらを立てるようなことではないという気がするのだが。

「ちゃんとわけを話してくれるまでは、あたし、家に帰らないよ！」

「ああ、そうか。そんなに俺のことが信じられねぇんなら、勝手にしやがれ！」

まさに売り言葉に買い言葉。ついに亭主まで顔を真っ赤にして、勝手口に向かって身を翻《ひるがえ》してしまった。その腰に締めた帯に、守り袋が揺れている。どうも見覚えのある柄である。

そうだ、押上といえば――。

亭主が出て行ってしまっても、おえんはまだ鼻息を荒くして勝手口を睨みつけている。熱を帯びた体を後ろから取り押さえたまま、お妙は尋ねた。

「おえんさんは、たしか今、四月目ですよね」

「そうだけど、なにさ」

野良猫のように気が立っているおえんは、誰彼なしに嚙みついてくる。しかたなくお妙は、丸い肩を「どうどう」と撫《な》でてやった。

三

その夜おえんは威勢よく啖呵《たんか》を切った手前帰るに帰れず、『ぜんや』の内所に泊まることとなった。お勝も泊まるというので一つの部屋に布団を敷き詰め、三人枕《まくら》を並べて寝た。

おえんは疲れ果てて眠りに落ちるまで、泣いたり怒ったりと忙しく、これでは腹の赤子が驚いてしまう。そう思い、お妙は「任せてください」と囁《ささや》いた。

「きっと明日になれば、わけが分かりますから」

「本当かい？」

「ええ。ですから今日のところは、心を鎮めて寝てください」

「ありがとう。お妙ちゃんだけが頼りだよ」

おえんは急にしおらしくなり、お妙の手を両手で握り込んだものである。

そんなわけで、明けて翌朝。身支度を済ませたお妙は、新生姜飯を俵に握って詰めた弁当を手に、裏店に住まうお銀《ぎん》を訪ねた。

猿《ましら》に似た、小さな体の老婆である。怪しげな人相見をして生計を立てており、隙あらば手製の守り袋を法外な値で人に売りつけようとする。おえんの亭主が提げていた守り袋は、おそらくこのお銀から買ったものだ。

「はす向かいの亭主かい。ああ、守り袋を売ったよ」

お銀はさっそく四畳半ひと間の上り口に腰掛けて、朝飯代わりの握り飯にかぶりついた。白濁した右目はすでに見えていないようだが、歯は丈夫らしく、漬物代わりに添えた雷干しをバリバリと嚙み砕いている。

「安産のお守りだとでも言いました?」

「そう、そのとおり。でも奴《やっこ》さん、四百文を百文に値切ってきたよ。ありゃあ、しっかりした男だねぇ」

百文でも、ただの守り袋にしてはまだ高い。それでもお銀は悪びれもせず、口をぽっかり開けて笑っている。声だけはやけに若く、まるで娘のようである。

「他になにか、言い含めたりはしませんでしたか」

「なにか? ああ、安産のお守りだからね。胎内十月図《とつきず》をこう、簡単に描《か》いて守り袋に入れてやったよ」

やっぱり。土間に立ったまま話を聞いていたお妙は、己の推量が当たってほっと肩の力を弛めた。どうやらおえんは、今夜は自分の家で眠れそうだ。

胎内十月図は女のための教訓書『女重宝記《おんなちようほうき》』に描かれた挿絵である。胎内で育つ赤ん坊をひと月目から十月目まで絵で表したもので、各月を守護する守り本尊も併せて描きだされている。たとえばひと月目なら不動明王《ふどうみようおう》、ふた月目は釈迦如来《しやかにょらい》、三月目は文殊菩薩《もんじゆぼさつ》、というふうに。

「四月目の守護は、普賢《ふげん》菩薩でしたよね」

「そうさね。白象に乗ったありがたい仏様さ。月ごとの十仏を、よぉく信心するよう教えてやったよ」

そう、だから押上だったのだ。彼《か》の地には「押上の普賢さま」として親しまれる菩薩を祀《まつ》った、春慶寺《しゆんけいじ》という寺がある。おえんの亭主は毎日そこに、願掛けのお詣《まい》りに行っていたのだろう。

きっと「誰にも言わずにお詣りをやり通したら、子は安産で生まれてくる」とかなんとか、勝手な取り決めをして臨んだのだ。だからおえんになにをしていたのかと問われても、「言えねぇ」とうつむくしかなかったのである。

なんとも人騒がせな。とはいえおえんと子のためを思ってしていることを、浮気と疑われては立つ瀬がなかろう。亭主は悪阻で苦しむおえんになにかしてやりたかったのだろうし、元気に生まれた子の顔を見たいと切に願っていたはずだ。

このすれ違いを機におえんが臍《へそ》を曲げて別れるとなっては、元も子もない。秘密にしたがっている亭主には申し訳ないが、真意をこっそり教えてやろう。

たしか五月目の守護は地蔵菩薩《じぞう》。江戸で有名な地蔵といえば、江戸の出入り口六ヵ所に設けられた六地蔵だろう。品川《しながわ》、浅草《あさくさ》、内藤新宿《ないとうしんじゆく》、巣鴨《すがも》、深川《ふかがわ》とまちまちな場所にあるため、一日一ヵ所と決めたところで大変で、放《ほう》っておいてもそのうちぼろが出そうではあるのだが。

「そうですか、よく分かりました。朝から押しかけてしまって、すみません」

「いや、構わないよ。あんたの飯は旨いし、それに――」

お妙はハッと息を飲んだ。いつの間にかお銀が握り飯を手にしたまま、左目を閉じている。見えぬはずの白濁した右目が、ぎょろりと動いてお妙を捉《とら》えた。

こうなったときのお銀は、たまに呪《まじな》いめいたことを言う。以前はお妙の背後についている男が『殺された』と言っていると告げられた。それが亡き良人善助のことならば、お告げは当たっていたことになる。

今度はなにを告げられるのか。お妙は思わず身構えた。

「ふむ。一つは片づいたようだね、ご苦労さん」

言い回しが気になった。問い返すとお銀は右目を光らせたまま、「ああ」と頷く。

「あともう一つ。大本が残ってるね」

日が高くなってきたせいか、外で蟬《せみ》が鳴きはじめる。それなのにお妙は寒気を覚え、自分自身を抱きしめた。

これまでにも客として出入りしていた又三《またぞう》が犠牲になったり、近江屋の手下に襲われたりと、ずいぶん辛《つら》い思いをしてきた。まさかまだ、終わりではないと言うのだろうか。

急に喉《のど》が渇いてきた。お妙は声を絞り出す。

「大本とは?」

いったいなにが控えているというのか。だがお銀の目は、すでに両目とも開いている。それから握り飯を持っていないほうの手で、懐《ふところ》の中をまさぐった。

「そんなわけでほれ、お前さんにも守り袋を——」

「いりません」

きっぱりと断りはしたが、どうにも悪寒が治まらない。明らかに詐欺と知れる守り袋にすがってしまう者の気持ちが、なんとなく分かった気がした。

「一つは?」

今日も軒下に干しておいた白瓜が、いい塩梅《あんばい》の生干しになっている。夕七つ（午後四時）を過ぎ、客が途切れた隙に雷干しを取り込む。昨日は三杯酢だったから、胡麻酢和えにでもしてみようか。でも今日の魚は真子鰈《まこがれい》の胡麻和えだから、それだと胡麻が重なってしまう。ならば辛子《からし》味噌《みそ》で和えるとしよう。

そんなことをぼんやりと考えていたものだから、お勝に話しかけられても、意識半分で聞いていた。

「えっ。なに、ねえさん」

長く連なる雷干しを食べやすい大きさに手で千切りつつ、顔を上げる。床几に掛けて一服つけていたお勝が、煙草《たばこ》の煙をふぅっと斜めに吐き出した。

「あんたなんだか、朝から心ここにあらずだね。夏風邪《なつかぜ》でもひいたかい？」

「ううん、平気。なんともないわ」

少なくとも体は元気である。だが、心は今朝お銀に言い渡されたお告げにすっかり囚《とら》われている。

あんなものは守り袋を売るための方便だと、割り切ってしまいたい。善助のことを言い当てられたのも、きっとたまたまだったのだ。占いや呪いといったものは、誰にでも当てはまるようなことを告げて、当たったと思い込ませるのがコツだと聞いたことがある。

気にしてはいけない。あるいはお勝に相談して笑い飛ばしてもらったほうがすっきりするのかもしれないが、お勝とて弟を亡くした身なのだ。あまり不確かなことは言いたくなかった。

「おえんさん、悪阻がすっかり治まったみたいだね、って言ったんだよ」

「ええ、そうね。よかった」

「大丈夫かねぇ、あの二人」

コン。灰落としに煙管《きせる》を叩きつけ、お勝はまた新しい煙草を詰める。只次郎がいないだけで、店の中はやけに静かだった。

只次郎とおえんは、今ごろ押上へと向かっている。おえんの亭主が通っているのは春慶寺という寺で、安産の願掛けのためだから気にするなと説いたのだが、おえんはすんなりと受け入れてはくれなかった。

「だけど、見てきたわけじゃないんだろ！」

そう言って、この目でたしかめてくると聞かなかったのである。

悪阻が明けたばかりの身重の女が、押上までの道半ばで体力が尽き、行き倒れでもしたら大変だ。ついて行ってやりたいところだが、お妙には店がある。どうしたものかと困っているところに、只次郎が「じゃあ、私がお供《とも》しますよ」と申し出てくれたのだ。

無理のないよう、道中の掛茶屋《かけぢゃや》などで休み休み行きましょう。そんな只次郎の提案により、二人は時に余裕を持って出かけて行った。途中でおえんが体調を崩したとしても、男手があればどうにか担いで帰ってきてくれるだろう。

只次郎になら任せられる。おえんの亭主に悟られぬよう、物陰からこっそりたしかめるだけという約束だが、感極まったおえんがうっかり姿を現わしてしまうかもしれない。そんなときでも只次郎は、ちゃんと止めてくれるはずだ。

人に頼るのが下手な性分だというのに、いつの間に只次郎を、これほど頼みにするようになってしまったのか。もしお銀の言ったことが本当ならば、「大本」とやらを乗り越えねばならぬとき、只次郎はもう傍《そば》にはいないかもしれない。心細さに身が震える。

だが常連の旦那衆だって、きっと力を貸してくれるだろう。もっと強くならなければ。どんな困難も切り抜けてゆけるように。

ゴロゴロゴロ。遠くで雷が鳴っている。

物思いの中でその音を聞いていたせいで、反応が遅れた。

次の瞬間、ザーッと物凄《ものすご》い雨が降ってきて、屋根や地面を派手に叩いた。

夕立である。

「いけない！　ねえさん、手伝って」

表に梅干しの笊を出したままだ。今日で土用干しを終えようと思っていたのに、最後の最後で降られるなんてついていない。お妙は白い脛《はぎ》が覗くのも構わず、外へ走り出た。

まずは平笊を一つ、両手で抱える。すぐ後についてきたお勝がもう一つを手に取った。

急げ急げ、あと一つ。雨にあたると梅干は味が落ちてしまう。

手にした笊をいったん小上がりに置き、お妙は再び表へ出る。軒があるので幸いにも、ひどく濡れたわけではない。このくらいならなんとかなると胸を撫で下ろし、最後の笊を抱える。

背後で水音が跳ねたのは、店の中に片足を踏み入れたときだった。振り返るまでもない。誰かが軒下に走り込んできたのだ。ちらりと見えた着物の裾《すそ》が、若い娘のものだった。

出先で夕立に遭うとは、可哀想《かわいそう》に。軒下にいてもこの豪雨では、跳ね返った雨で足元が濡れてしまうだろう。

「あの、よろしければ中で雨宿りをして行きませんか?」

麦湯くらいのものは出しますよと続けようとして、首《こうべ》を回《めぐ》らす。その先に見知った女の顔を見つけ、お妙は二の句が継げなくなった。

鬢の後れ毛から水滴を垂らし、立ちつくす女はまっすぐにこちらを見ている。肌の色は浅黒く、大きな目と丸っこい鼻が愛らしい。

お妙は気を取り直し、女に向かって微笑《ほほえ》みかける。

「お浜さん。どうぞ、お入りください」

四

雷はいっこうに近づいてくる気配はなく、だがしつこく鳴り続けている。

さっきまでの晴天が嘘《うそ》のように、風が出て涼しくなった。雨に濡れた体では冷えるだろうと、お妙は麦湯を沸かし直し、小上がりにちんまりと座るお浜に差し出す。

「どうぞ。すみません、そんな着物しかなくて」

薄紅色の紗《しゃ》の着物がずぶ濡れになっていたので、お妙の着物に着替えてもらった。最近古着屋で買った質のいい木綿物ではあるが、そもそもお浜は古着などとは縁のない暮らしをしている。裄丈《ゆきたけ》の合わない着物は、着心地が悪そうだ。

「いいえ。こちらこそ、ご迷惑をかけてしまいました」

それでも髪から滴る雫《しずく》を手拭いで押さえ、お浜は小さく首を振る。大きな目がキョロキョロと、なにかを探すように動いている。

「すみません。あいにく林様は不在なんです」

「林？　ああ、タダさん」

お浜にとっては、その名のほうに馴染《なじ》みがあるのだろう。言い直してから、見るからに肩を落としてしまった。

「そう、いないんですか」

思慮の足りなさは否めないが、こういう素直なところは好ましい。雨の中わざわざ会いにきてくれたと知れば、只次郎だって嬉しかろう。あちらはうまく雨宿りができただろうかと胸の片隅で心配しつつ、お妙はお浜の濡れた着物を手早く畳んだ。

「一人で来てしまったんですか？」

雨が激しいせいで外の音が入ってこず、やたらと声がこもって聞こえる。責めるつもりはなかったのに、お浜は小さくなって頷いた。

「タダさんに、ひと目会いたくて」

こんな台詞《せりふ》を、一度でも言ったことがあっただろうか。我が身に置き換えてみて、ないわと控えめに首を振る。おそらくお勝にだってないだろう。床几に腰を掛けたまま、興味深げにこちらを見ている。

「それは、残念でしたね。押上まで出ているので、すぐには戻られないんです」

口ではそう言いつつも、お浜の間の悪さに安堵《あんど》してはいまいか。とっさにそのような内省が働き、お妙は自分自身に戸惑った。

お浜のことを、どう扱っていいのか分からない。ひとまず雨が止《や》むのを待って、三河屋に知らせてやらなければ。箱入り娘が供もつけず、出歩いていいはずがない。

「以前は危ない目にも遭ったことですし、次からは三河屋さんに連れてきてもらってくださいね」

こういう向こう見ずなところが、三河屋にとっては頭痛の種なのだろう。夫婦になれば只次郎も、ずいぶん振り回されそうだ。それでもあの男ならば、弱ったと言いつつうまく取り捌きそうでもある。

そんなことを考えていたら、お浜がぽってりとした唇を尖《とが》らせた。

「だってお父様《とと》に任せていたら、いつまで経《た》っても話が前に進まないんですもの」

「進んでいないんですか？」

意外に思い、聞き返す。これほどのいい縁談、てっきりとんとん拍子に進んでいるものと思っていた。お浜と三河屋は乗り気のはずだから、では迷っているのは只次郎か。憧《あこが》れの商人になるお膳立《ぜんだ》てが整っているのに、なにをぐずぐずしているのだろう。

「お父様は、気長に待てと言うんです。タダさんの心には今、別の女性がいるからって。それでも算盤《そろばん》を弾《はじ》くのがうまいあの方なら、きっと旨みのあるほうを取るって」

三河屋は、万全に張った罠《わな》にじりじりと只次郎を追い込もうとしている。蟻《あり》地獄の巣に足を踏み入れた蟻のように、いずれ手中に落ちてくると知っているのだ。じっと待ちの姿勢でいられるのも、大店《おおだな》の主《あるじ》らしい胆力である。

だがお浜にしてみれば、なにもしてくれないように見えて、もどかしくてたまらないのだろう。だからこそ、一人で只次郎に会いに来るなどという暴挙に出てしまったのだ。

「お妙さんには分かりますか。タダさんの意中の人が誰なのか」

「いいえ。見当もつきません」

お妙は静かに首を振る。只次郎の身辺に女の影はない。もし誰か想《おも》い人がいたとしても男女の仲になる前の、淡い恋心にすぎないだろう。その程度のものなら、所帯を持てばすぐに忘れてしまえる。

「いやな女《ひと》」

冷え冷えとした呟きが、うつむいたお浜の口から洩れた。聞き間違いを疑えど、顔を上げたお浜の目は涙に濡れている。

「そんな相手、お妙さんしかいないでしょう。なんですか、私のこと、馬鹿にしているんですか？」

言いがかりだ。激して身を乗り出してくるお浜に圧《お》され、お妙は半歩後退《あとじさ》る。

「落ち着いてください、お浜さん。そんなはずないでしょう。私は三十間近の年増《としま》で、おまけに後家ですよ」

「そういう謙遜《けんそん》は、厭味《いやみ》ったらしいです。つまり私は、年増の後家に負けてるってことでしょう」

「違います。林様から見れば、私なんかは姉のようなもので――」

「いい歳をして、うぶなふりをするのはやめてください！」

涙を流してはいても、お浜の声には張りがある。耳にキンとくる高音で遮られ、お妙は口をつぐんでしまった。

お浜の大きな目が、睨み殺しでもするかのようにお妙を捉える。情けないことに、十七の小娘相手になにも言い返せない。お勝も口を挟む気はないらしく、眼差《まなざ》しだけを背中に感じた。

「分かりました。だったら質問を変えます」

小柄ながら、お浜は気丈だ。手の甲で涙を乱暴に拭い、立ち上がる。一歩二歩と、空いた距離を縮めてきた。

「お妙さん自身は、タダさんのことをどう思っているんですか」

傷つくことも恐れずにまっすぐに向かってくる、これは若さだ。自分も十六、七のころはこうだったのかもしれないと、お妙は目を細めてお浜を見た。小狡《こずる》さを憎む心が、いっそ清々しい。

「林様と私とでは、歳も家格も釣り合いませんから」

お妙は目を逸《そ》らす。歳を重ね、傷つく痛みも喪失のつらさも知ってしまった。もうこれ以上、大切な者を失いたくはない。特別な人など作らない。

本当は、只次郎が自分に好意を向けているとくらい分かっていた。あんなにあからさまなのだから、気づかないほうがおかしい。

はじめのころは、気づかないふりで受け流しておくのが楽だった。歳を取ったら茶飲み友達になれそうだと、釘《くぎ》を刺してみたりもした。それでも只次郎は、お妙の心に浸食してくる。着々と、存在が大きくなってくる。

裏店に寝起きするようになってからは、只次郎がいっそう近くなった。でも、今ならまだ引き返せる。縁談がまとまって只次郎が三河屋に行ってしまっても、「少し寂しい」で済ませられる。

だから、私のことは巻き込まないでほしい。自分でもこんな気持ちと、正面から向き合いたくはないのだから。

「それは、本気で言っているんですか?」

お浜は強い。自分の気持ちをごまかさなくても、愛されて生きてこられたのだ。涙を拭いこらえる女に、お妙はそっと微笑み返す。

「ええ、本気よ」

常連客がこの微笑みを、菩薩と噂しているのも知っている。でもこの微笑みは、誰のことも救えない。自分を守るためのものでしかない。

お浜はしばらく、無言でお妙を睨みつけていた。お妙もまた、少しも表情を崩さなかった。

やがてお浜は身を翻すと、戸口に向かって駆けてゆく。そのまま雨脚の少しも弱まらぬ戸外へと、駆け出した。

「お浜さん、せめて傘を！」

慌てて声を掛けるも、お浜は少しも振り返らない。遠雷の轟《とどろ》く中、身を低くして走る後ろ姿がどんどん小さくなってゆく。お妙は呆気《あっけ》に取られて、その様を見送ることしかできなかった。

背後でお勝が笑っている。いかにも可笑《おか》しそうに、肩を揺らしているのが気配で分かる。

「おやおや。気持ちいいくらい、ズバリと言われちまったねぇ」

お妙はお浜が見えなくなってもなお、戸口に手をかけて夕立に煙る景色を眺めていた。外壁に当たって弾けた雨粒が、顔にかかって頰を濡らす。それでもお妙はその場から、動こうとはしなかった。

「それで、アンタはいつまで善助に、操《みさお》を立ててるふりをするんだい？」

お勝の主張は変わらない。早く気持ちにけりをつけて、次の幸せを見つけるようにと言い続けている。善助への未練を隠れ蓑《みの》にしていることにも、この義姉《あね》はとっくに気づいている。

「いじわる言わないで、ねえさん」

ここからでは神田川の水面《みなも》は見えないが、水音が大きくなって聞こえる。子供らがいつも小魚を漁《あさ》って遊んでいる河原は、すっかり沈んでしまっただろうか。雨がこの勢いで降り続いたら、どこかの堤防が切れるかもしれない。でもどうかあとしばらくは、止まないでほしい。

雨が止んだら「押上の普賢さま」から、おえんと只次郎が連れ立って帰ってくるだろう。今はまだ、いつも通りに微笑んで出迎えられる自信がない。

「馬鹿だねぇ、アンタは」

そんなこと、あらためて言われるまでもなかった。

たとえ雨が降っていなくても、雷が鳴っていなくても、自分はここから一歩も動けない。善助がお妙のために用意してくれたこの店から、善助の骸《むくろ》が捨てられた川を眺めて生き続けるのだろう。

秋の風

一

水を含んだ床板はぬるぬるとして、滑らぬよう足を踏ん張ると、どうしてもへっぴり腰になってしまう。ざっと掛け湯をしてから、もうもうと湯気を吐き上げる石榴口《ざくろぐち》へと、林只次郎は慎重に歩を進める。

流し板に座り、背中を流し合う親子連れが多いのは、今日が文月《ふみづき》十六日、年に二度しかない藪入《やぶい》りのその日だからであろう。奉公に出ている子らが暇をもらい、家に帰ってきて、ここぞとばかりに子供らしく振舞っている。

たとえばそう、あんなふうに。

「あ、こら熊吉。走ると危ない！」

濡《ぬ》れた床板の上を走っている子供がいると思ったら、自分の連れだった。とっさに注意を促したが、時すでに遅し。熊吉はぬめりに足を取られ、見事に尻餅《しりもち》をついた。

「あいててて」

「ほらもう、しょうがないなぁ」

助け起こそうとして、手を差し伸べる。だが熊吉はこちらをちらりと見ただけで、すぐにそっぽを向いてしまった。

「ふん、兄ちゃんの助けなんざいらねぇや」

行き場を失った手をどうしたものかと眺めつつ、只次郎は首を傾《かし》げる。熊吉はどうも、機嫌が悪い。

いや、お妙の前では上機嫌だったのだ。一月の藪入りに帰って来られなかったぶん、「おばさん、おばさん」と甘えた声を出していた。昼餉《ひるげ》の前に湯屋に行くと言うので、「じゃあ私も」と只次郎が同行を申し出たとたんに、これである。

なにか、熊吉の恨みを買うようなことをしただろうか。顔を合わせるのは三月に開いた鶯《うぐいす》の譲渡会以来。たしかあのときも、熊吉は只次郎だけを睨《にら》みつけてきた。嫌われているのだろうか。そんなわけはないと思いたいが、自信はない。

熊吉は自力で立ち上がり、尻をさすりつつ浴槽との仕切りである石榴口を潜《くぐ》ってゆく。只次郎も後に続き、腰の高さの湯にゆっくりと身を沈めた。

朝のうちはまだ、湯が綺麗《きれい》だ。仕事終わりの職人たちがひとっ風呂《ぷろ》浴びに来る夕方ごろには、垢《あか》が浮いてとても入れたものではない。普段その時分にしか湯屋に行けぬ熊吉は、嬉《うれ》しそうに手で湯を掬《すく》い、顔を擦《こす》った。

「どうだい、ヒビキは元気にしているかい？」

頭に手拭《てぬぐ》いを載せ、尋ねてみる。譲渡会で熊吉に譲った鶯の名である。

「ああ」と熊吉は短く答えた。

「もうしばらくすると『とや』といって、羽の生え変わる頃《ころ》おいになるからね。体の具合をよく見てやって。まぁ、俵屋さんが気をつけてくれるだろうけど」

熊吉の主人である俵屋は、年季の入った鶯飼いである。ヒビキを手に入れるために熊吉をだしに使ったほどなのだから、言われずとも大事にしていることだろう。

熊吉は「平気さ」と、拗《す》ねたように口を尖《とが》らせた。

「それでも毎日、小さな変化にも気づけるように、よく見てやっておくれよ」

「ちぇっ、うるせぇなぁ」

只次郎はぽかんと口を開けた。たしかにしつこかったかもしれないが、あんまりな言われようである。

「それはちょっと、ひどいんじゃないか？」

「なんだよ。どうせ兄ちゃんは、もうすぐ『ぜんや』からいなくなっちまうくせに」

「えっ、どうして？」

「とぼけんじゃねぇや」

もしや、只次郎に持ち上がっている縁談のことか。熊吉はまたもやぷいっとそっぽを向く。

「ま、いいけどさ。お妙さんにはオイラがいるし」

「寂しいのかい?」

「違う、呆《あき》れてんだよ。けっきょくは金かよ」

話したのは俵屋か、それとも他の旦那《だんな》衆か。たしかに三河屋は大店《おおだな》だが、金目当てと言われるのは心外だ。

「いや、ちょっと待っておくれ。まだ決まったわけじゃないんだから」

「まだ? 兄ちゃんごときがなにもったいぶってんだよ」

「違うんだよ。断ろうとしても、三河屋さんが断らせてくれなくて」

さすが酸いも甘いも嚙《か》み分けた商人だと感心するべきか、断ろうとするたびに、「ま、お返事は急がなくても」とはぐらかされる。只次郎の「お受けします」という返事以外は、まったく聞く気がないのである。

そんな言い訳を聞き流し、熊吉はぽつりと呟《つぶや》いた。

「下種《げす》いな、兄ちゃん」

たとえ腹の中ではそう感じていても、大人ならば口にしない言葉に打ちのめされる。

只次郎だって、分かっている。なにがなんでもこの縁談はお受けできませんという姿勢で臨めば、無理強いはされないだろうと。三河屋は、只次郎の迷いを鋭く嗅《か》ぎ取っているのだ。

そのせいで、先月はお浜が只次郎に会いに『ぜんや』に来てしまったという。いいかげん、どっちつかずのままではいけない。そろそろ腹を括《くく》らなければ。

「ああ、あちぃ。お先」

まさに烏《からす》の行水。ちょっと浸《つ》かっただけで熊吉は、手拭いを肩に載せて立ち上がる。薄暗い浴室に伸び盛りの白い体は瑞々《みずみず》しく、自分にもこんなころがあったはずなのにと只次郎は目を細めた。

二

鰻《うなぎ》のちらし寿司《ずし》、南瓜《かぼちゃ》の胡麻味噌和《ごまみそあ》え、人参《にんじん》と京菜の白和《しらあ》え、かすてら玉子、無花果《いちじく》の田楽、それからお決まりの蓮餅《はすもち》の餡《あん》かけ。

風呂から帰り、小上がりに並んだ色とりどりの料理を見て、熊吉は「わぁ」と歓声を上げた。

「すごいや、おばさん。これみぃんな、オイラが食べちまってもいいの？」

小僧仲間の影響か、只次郎と二人のときは前よりぞんざいな口を利くようになったというのに、お妙の前ではやけに純真ぶっている。目をまん丸にして、必要以上にはしゃいでみせた。

「あらあら。こんなに食べたらお腹《なか》がはち切れてしまうわよ、小熊《こぐま》ちゃん」

丸みを失いはじめた頬《ほお》をお妙に軽く抓《つね》られて、なんとも嬉しそうである。その作為に気づかぬわけでもなかろうに、お妙も目尻を下げて甘やかしにかかっている。

「さすがにもう、『小熊ちゃん』は変かしら。すっかり大きくなったものねぇ」

「なんだよ、おばさんてば会うたびに『大きくなった、大きくなった』ってそればっかり」

「だって本当に会うたびに大きくなっているもの。ほら見て、手なんかもう私より大きいじゃない」

手のひらを合わせてみると、たしかに熊吉の指がにょっきりと突き出ている。そればかりか、厚みもあった。いつまでも子供だと、侮ってはいられない。

「だけど藪入りのときは、小熊と呼んでおくれよ。そう呼んでくれる人は、もう誰《だれ》もいなくなっちまったんだ」

「そう、そうね。じゃあせめて、『ちゃん』は取りましょう」

「うん、ありがとうお妙さん」

二人とも、十かそこらで親と死に別れている。だからよけいにお妙は熊吉を放《ほう》っておけないのだろう。その真心につけ込むだけでなく、さりげなく「お妙さん」と呼び名を変えている。熊吉はなかなかしたたかである。

まったく、俵屋でなにを教わっているんだか。

温厚でありながら抜け目のない、俵屋主人の顔を思い浮かべる。要領のよさが、だんだん似てくるようである。

「あ、なんだよ。兄ちゃんも食べるのかよ」

見ていられずにひと足先に箸《はし》を取ると、熊吉に文句をつけられた。

「そりゃあ食べますよ。腹が空《す》いているんだから」

用意された料理はすべて、二人分だ。いつもより豪華だが、これは只次郎の昼餉でもある。

お妙が調理場へと足を進めながら尋ねてきた。

「どうしましょう。お酒、つけますか？」

「そうですねぇ」

しばし、考える。まだ昼だし、飯の相手は熊吉だ。差しつ差されつというわけにはいかない。それでも目の前の料理は美味《おい》しそうで――。

「一合だけ？」

「はい、お願いします」

お妙に導かれるように、けっきょく首を縦に振ってしまった。

「ああ、苦しい」

着物越しにも分かるほど膨れた腹を、只次郎は撫《な》でさする。客がいないのをいいことに、このまま横になってしまいたいが、さすがに行儀が悪いと思い留まる。熊吉の藪入りに合わせ、『ぜんや』は夕方まで休みである。

「正月の藪入りに帰れなかったと散々文句を言っていたわりに、さっさと出かけてしまいましたね」

小上がりにはまだ使った食器が出っ放しだが、熊吉の姿はすでにない。おやつを竹皮に包んでもらい、「丈吉《じょうき》っちゃんと遊んでくる！」と飛び出して行った。丈吉《じょうきち》は昨年の藪入りの際に知り合った少年である。奉公先が近いらしく、日ごろから顔を合わせることもあるそうだ。

「美味しいものをたらふく食べて、お友達と目一杯遊ぶ。藪入りの正しい過ごしかただと思いますよ」

空いた皿を重ねながら、お妙が唇で笑う。そのあたりは、熊吉もまだまだ年相応の子供である。

「いやぁ、それにしても旨《うま》かった。ご馳走様《ちそう》です」

特にかすてら玉子が気に入った。白身魚のすり身を混ぜ込んだ甘い玉子焼きのことで、鱸《すずき》と海老《えび》を使ったという。ふわふわと柔らかく、儚《はかな》く甘く、菓子のようでもあるが、意外にも辛口の酒と相性がいい。

また無花果の田楽というのも洒落《しゃれ》ていた。果物としてそのまま食べるのではなく、いったん蒸して、蒸し汁で延ばした白味噌をとろりとかけてあった。削った青柚子《あおゆず》の皮をあしらってあるのも風味がよく、無花果の控えめな甘さが引き立っていた。

南瓜といい白和えといい、子供の舌に配慮したのか甘めの献立にしてあった。その中で熊吉がもっとも喜んだのは、鰻の蒲焼《かばやき》が載ったちらし寿司。鰻はもちろんのことながら、とにかく米が食べたくてたまらぬようで、旺盛《おうせい》な食欲を見せていた。

「林様は、おやつはどうなさいます?」

そしておやつは麩《ふ》の焼きである。小麦粉を延ばして薄く焼いた皮で、固めに練った山椒《さんしょう》味噌と胡桃《くるみ》を巻いたものである。甘辛さと香ばしさが混じり合い、さぞかし旨いに違いないが、さすがにもう入らない。

「すみません。もう少し後にいただきます」

まだ若いとはいえ、十代と同じようにはいかない。

「かしこまりました」

他に誰もいないからと、お妙は大きな盥《たらい》を持ってきて食器を入れはじめた。このまま洗い場に持って行けばいいので、手間が省ける。襷《たすき》をかけた袖《そで》から覗《のぞ》く二の腕の、透けるような白さについ目を奪われた。

「あ、そうだ」

お妙が急に顔を上げ、只次郎は視線を彷徨《さまよ》わせる。目玉の運動を装って、くるくると回してみたりもした。お妙はちっとも頓着《とんちゃく》せずに先を続ける。

「麩の焼きはどうでしょう」

「え、なにがですか？」

「三河屋さんの出店《でだな》で扱ってはいかがです？　鉄板を出して、お客さんの目の前で皮を焼いて作るんです。評判になると思いますよ」

お浜と一緒になった暁には、只次郎に任せてくれるという店である。

味噌屋なのだからそれこそ味噌は売るほどあり、小麦粉も薄く延ばせば材料に金がかからない。この案はうまくすると、いい儲《もう》けになりそうだ。

「なるほど」

感心のあまり、強く頷《うなず》いてしまった。これではまるで、すでに婿入りが決まっているかのようではないか。

「いやあの、そうではなくって」

弁解しようとして、すぐ言葉に詰まった。では、どういうことなのだろう。お妙への想《おも》いと商人になりたいという夢を天秤《てんびん》にかけたまま、揺れ動いているだけではないか。そんな情けないことを、わざわざ口に出してどうする。

「楽しみですね」

にっこりと笑いかけられて、只次郎は「はぁ」と曖昧《あいまい》に返すことしかできなかった。

「よろしければ所帯を持ってからも、『ぜんや』をご贔屓《ひいき》にしてください」

ちくりちくりと、針で刺されたように胸が痛い。だが身勝手きわまりない自分には、この痛みに浸る資格もない。

「お妙さんは、どうなんですか」

気づけばそう、問い返していた。聞かずとも、答えは分かっているようなものだ。

「この先、再縁する心積もりはないんですか」

「はい。私の良人《おっと》は、後にも先にも亡くなったあの人だけです」

即答だった。迷いのない目をして、亡き良人への操を誓う。もはや触れられもせぬ男に、只次郎はとうてい勝つことができない。

それでもせめて傍《そば》にいようと、心に決めたはずだったのだが。

「そうですよね。お妙さんは、そういう人だ」

いつの日かこの恋を、不毛だったと笑う日が来るのだろうか。

これっぽっちも振り向いてくれない女に向かって、只次郎は静かに微笑《ほほえ》みかけた。

三

神田川沿いの柳原《やなぎわら》土手を東へ、東へとゆくうちに、町は活気を帯びてくる。突き当たりは両国西広小路《りょうごくにしひろこうじ》、江戸屈指の盛り場である。

「はぁい、寄ってらっしゃい、見てらっしゃい！」

芝居や軽業《かるわざ》の小屋が掛かり、髪結い床に茶屋、料理屋なども数多い。

ゆえに人も集まってくるのだが、慣れた江戸っ子はひょいひょいと、誰ともぶつからずに避けて歩く。ぶつかってくるのは地方の者か、もしくは掏摸《すり》のどちらかである。

「そうですか。では姪御《めいご》様は無事、奉公に上がられたんですねぇ」

その人混みの中を、先に立ってゆくのは三河屋だ。赤黒い顔を光らせて、堅肥《かたぶと》りの体格に似合わぬ身軽さで歩いてゆく。只次郎はそのすぐ後に続きながら、「ええ、どうにか」と破顔した。

盆も藪入りも過ぎ、風の中に秋のにおいを感じ取れるようになってきた先日、姪のお栄がついに、御年寄《おとしより》の部屋子として大奥に上がったのである。

「では、行ってまいります」とまるで行楽にでも赴くかのような気負いのなさで、お栄は林家の門を出た。

再びまみえるのはいつの日か。出世する気満々のお栄ゆえ、宿下がりもめったにしないかもしれない。まだ八つの童《わらべ》である。母のお葉が涙ぐんでいるのを見て、早すぎる巣立ちであったかと悔やみもしたが、向学心の塊であるお栄のためにはこれでよかったのだと思い直した。なによりも、当人が笑顔であった。

「柏木様への鼻薬が利いて、なによりですよ」

大奥への伝手《つて》を得るため、久世家用人《ようにん》の柏木にルリオの子を差し出したことはまだ記憶に新しい。三羽の雄《おす》のうちの、貴重な一羽であった。冗談めかした口調ながら、三河屋はまだそれを根に持っているようだ。

「いやはや、なんというか、すみません」

そうとしか言いようがなく、只次郎は首の後ろを掻《か》く。

「なぁに、いいってことです」

三河屋の底知れぬ笑みが、恐ろしい。

藪入りの日から指折り数えて、今日が七日目。朝の仕込みの最中だった『ぜんや』に、なぜか三河屋がひょっこりと顔を出した。自分の店は番頭に任せてきたといい、「お見せしたいものがあるんです」と只次郎を手招きした。その道中で、お栄の話になったのである。

「これでご実家に残してきた心配事も、ひとつ片づいたというわけですな」

ほくほくと笑いながら三河屋は、いったいどこへ向かっているのだろう。煮炊きの煙に茶葉を焙《ほう》じる香ばしさ、道行く人々の鬢《びん》付け油に白粉《おしろい》に、種々雑多なにおいの入り混じる中を突っ切り、両国橋を渡るようである。

向こう岸は本所深川《ほんじょふかがわ》。これだけの人数がいてよくぞ落ちないものだと感心しつつ、橋を渡りきる。東広小路もまた西同様に賑《にぎ》わっており、真《ま》っ直《す》ぐに突っ切れば勧進相撲《かんじんずもう》で有名な回向院《えこういん》。そこからほど近い竪川《たてかわ》沿いの町で、三河屋はようやく足を止めた。

「さぁ、ここです」

そう言って手で指し示したのは、間口七間（約一二・六メートル）もあろうかという、土蔵造りの表店《おもてだな》だ。立派な構えではあるが人気がなく、空き家になっているらしい。

それでも三河屋は躊躇《ちゅうちょ》なく、板戸を開けて中へ入ってゆくではないか。

「えっ、ちょっと三河屋さん」

引き留めようとしても聞き入れられず、どんどん奥へ行ってしまう。しかたなく只次郎は、「失礼します」と断ってから敷居をまたいだ。

前は薬屋だったのだろう。店の中には百目箱や秤《はかり》が残されており、うっすらと埃《ほこり》を被《かぶ》っている。箪笥《たんす》や長火鉢といった調度までが、そのままになっているようだ。

奥行もあり、家族や奉公人が寝起きしていたと思われる座敷を抜けると裏庭だ。荒れてはいるがそれでも青紫の桔梗《ききょう》が揺れており、風情を感じる。海鼠壁《なまこかべ》の土蔵は漆喰《しっくい》を塗り直したほうがよさそうだが、造りはしっかりとしていた。

「ふむ、なかなかいいねぇ」

三河屋が蔵の壁を軽く叩《たた》き、満足げに振り返る。どうも嫌な気配である。

「あの、これはいったい？」

「いえね、うちの出店にちょうどよさそうな家があるというんで、ちょいと見ておこうと思ったまでで」

やはりそういうことであったか。只次郎のこめかみに、つつつと汗が流れてくる。

「でも、私はまだ――」

「ええ、いいんです、いいんです。見るだけ、見るだけ」

「縁談を受けるとは――」

「はいはい、だから見るだけ。タダですからね、見るだけならば」

なんと強引な。背中を押され、只次郎は家の中へと戻る。

もう一度奥の間を素通りし、店の土間に立つと三河屋は、「どうです？」と両腕を広げて見せた。

「立地といい店構えといい、申し分ないでしょう」

只次郎もそう思う。両国東広小路に近いうえ、この辺りは相撲見物の客で賑わいもするだろう。あそこの入口にこう、染め抜きの暖簾《のれん》をかけて、お妙が言っていたように店先で麩の焼きなど売りでもすれば、面白いように客が集まるのではないか。

味噌玉を店の売り物にするとしたら、座敷で試し飲みができるようにするといいかもしれない。あの百目箱はそのまま使えそうだ。味噌玉の包みをうんと凝って、毬《まり》のようにして、百目箱の抽斗《ひきだし》から覗かせてやればきっと目を引く。

実際に店を見てしまうと、あれもこれもと案が湧《わ》く。楽しくてうっかり緩みそうになる口元を、只次郎は「いやいや、待てよ」と引き締める。

三河屋の策にはまりすぎだ。これは只次郎の心を昂《たかぶ》らせるために用意された餌《えさ》である。

おそらく三河屋は、この家の下見をすでに済ませていたのだろう。そして只次郎も気に入ると踏んだに違いない。揺れ続けている天秤の釣り合いを、崩してやろうという魂胆だ。

これは危ない。どんどん夢が膨らんでしまう。

「ですが三河屋さん。今一度、考え直したほうがいいんじゃないでしょうか」

「ん、この店ですかい？」

「違います。お浜さんのことですよ」

分かっているくせに、空惚《そらとぼ》ける。相手を丸め込むことにかけては一流の旦那衆だ。あらゆる手を使ってくる。

「私のことを好いてくださるのはありがたいんですが、一度や二度しか会ったことのない男です。いざ一緒になってみると、『思っていたのとは違った』と目が覚めるんじゃないでしょうか。お浜さんはまだ、本当の恋を知らないのではないかと」

そんな気持ちで縁づいても、お浜が幸せになれるはずがない。只次郎だってお妙にまだまだ未練があるのだ。娘のためを思うなら、考え直したほうがいい縁談である。

「もう一度、会って話をさせてもらえませんか。私がどんな人物なのか、少しも分かっていないでしょうし」

だが三河屋は、「いやいや、なにをおっしゃる」と只次郎の心配を笑い飛ばした。

「この際もう、お浜の気持ちなんざどうだっていいんですよ。私が林様を三河屋の婿にいいと思った。大事なのはそこなんです」

そう言って、含みのある笑みを浮かべる。只次郎は、なぜか背筋が寒くなった。

「我々商人にとっちゃ、店を盛り立ててゆくのが第一です。だからたとえ息子がいても、いい婿がねを見つけたらそちらに跡を譲ったりもするわけで。そのへんがまぁ、お武家様とは違うところでしょうな」

武家では男子を差し置いて、女子が婿を取るといったことはまずない。つまり商家は実力が第一なのだ。長男だからと甘やかしていては、店がたちまち傾いてしまう。

「うちもそろそろ出店を持ちたいと思っちゃいたんですが、任せられる人がおりませんでね。娘が林様に惚《ほ》れてくれたのは、渡りに船といったところで」

ならばはじめから、お浜の婿には出店を任せられる者をと考えていたのだ。

三河屋のお眼鏡に適《かな》ったのなら嬉しいことだが、そう聞かされると、ますます断りづらい。たかだか十七の小娘の我儘《わがまま》では済まぬ話になってきた。

「あとは林様のお気持ち次第。なぁに、いつまでも待ちますよ。ひとまずこの店は、押さえとくことにしますがね」

空き家とはいえ、遠慮なく中に入れたわけが分かった。おそらくもう、家の持ち主とは話がついている。根回しは万全だ。

そのひと言で楽になれるのなら、いっそのこと「お受けします」と答えてしまおうか。そんな投げやりな考えが頭をかすめるほど、只次郎は追い詰められていた。

「いいじゃないですか。受けてしまいなさいよ」

常節《とこぶし》のうま煮の殼を外しながら、菱屋のご隠居がこともなげに言う。鮑《あわび》にも似たこの貝は滋味が深く、しみじみと酒に合う。よくぞここまで、柔らかく煮つけたものだ。

「またとない話ですよ」

常節を味わうふりをして聞き流していたら、駄目を押された。

「本当だねぇ。この先あんたに、これ以上の話がくるとはとても思えないよ」

高野《こうや》豆腐《どうふ》の卵とじと小松菜の浸し物を運んできたお勝までが、するりと話の輪に入ってくる。只次郎にはもはや、返事をする気力もない。

朝から三河屋に連れ回されて、大川沿いの料理屋で昼餉まで馳走になった。土産物として人気の鰹《かつお》の角煮だけでも、目玉の飛び出るような値がする店である。

たしかに旨かったのだが、甘鯛《あまだい》の吸い物に金箔《きんぱく》が浮いていたりして、なんだか胸焼けのするものばかりであった。

「実際のところ、どうなんです。お妙さんのほうは」

お妙が床几《しょうぎ》の客の相手をしているのをいいことに、ご隠居がお勝に問いかける。お勝は神妙に首を振った。

「望み薄だね」

言われなくても、分かっている。だがお妙の義姉《あね》という立場のお勝にそう聞かされると、胃の腑《ふ》がずんと重くなる。

「ほら。そんなわけだから、受けてしまいなさい」

只次郎はため息をつき、箸を置いた。せっかくのお妙の料理なのに、食が進まない。

「嫌だねぇ、辛気くさい。なにをそんな、死んだ鯰《なまず》みたいな目をしてんだい」

ひどい言われようである。只次郎は淀《よど》んだ眼差《まなざ》しをお勝に向けた。

「いえね、なんというか今日は、商人の業を見せられたような気がしまして」

「はてさて、どのへんが？」

江戸の商人の筆頭のようなご隠居が、そしらぬ顔で聞いてくる。酒までなんだか水っぽい気がして、只次郎は盃の縁を舐《な》めるに止《とど》めた。

「三河屋さんは、お浜さんのことをずいぶん可愛《かわい》がっていたじゃないですか。それなのに、娘の幸せよりも家業なのかと」

お浜の駆け落ち騒動のときも、三河屋は不出来な娘でも可愛いと言っていた。あの娘に男はまだ早いと、親馬鹿ぶりまで見せていたのに。

「そりゃあ違いますよ。可愛い娘だからこそ、有能な男をつけて手元に置いときたいんです」

「はぁ、なるほど」

そういう考えかたもあるのか。男子を重んじる武家にはあまり馴染《なじ》みがない。かく言うご隠居も、婿養子であった。

「肝心の店が潰《つぶ》れちまったら、娘もろとも路頭に迷うわけだしねぇ」

「ええ、まさに。三河屋さんはお浜さんのことをよぉく考えた上で、林様を迎えようとなさっているんですよ。だからさっさと観念なさい」

決断を迫られて、只次郎は頭を抱える。

いつまでも待つという三河屋に、せっついてくるご隠居。もしや二人は裏で通じているのではないかと疑うほどに、息が合っている。

「ああ、本当に皆さん、押しが強い」

「そうさね。押してすらいないあんたは、見習ったほうがいいよ」

「なんのことです？」

「べつに。こっちの話さ」

どことなく投げやりに、お勝は肩をすくめる。その意味を、只次郎はあまり深く考えなかった。

「ときにお勝さん。今日の魚はなんです？」

話をしながら高野豆腐をすっかり平らげてしまったご隠居が、腹をさすりつつ尋ねる。まだまだ食い足りないようである。

「秋刀魚《さんま》だよ」

「ほほう」

もうそういう季節か。安くて長きは秋刀魚なり。下魚とされており、旗本屋敷では出てこぬ魚だ。

「私の若いころは油を取るもので、食べるものじゃなかったんですけどねぇ。秋になると旨いんですよね、これが」

秋刀魚の身からしたたる脂を思い浮かべたか、ご隠居が舌舐めずりをする。早くも秋刀魚を求める口になっているようである。

「箸が進まないようだけど、あんたはどうする？」

お勝の言うとおり、あまり食指が動かない。だが旗本が食わぬ秋刀魚を今こそ食べてやろうという、妙な気概が湧いてきた。お栄の奥入りが叶《かな》ったことで、実家とはますます縁が薄くなってゆくだろう。いよいよ市井に暮らす覚悟が必要だ。

「いただきます」

「あいよ」

力みを滲《にじ》ませ頷くと、お勝は拍子抜けするほど軽く応じた。

四

「はい、ちょいと空けますよ」

お勝が小上がりの皿を片づけ、只次郎とご隠居の間に余地を作ったと思ったら、そこに七厘が運ばれてきた。

秋とはいえ、まだまだ残暑のこびりつく頃おいである。赤く熾《おこ》る炭火に炙《あぶ》られて、額に汗が浮いてきた。

まさかここで秋刀魚を焼くのだろうか。そんなことをしたら、店中が煙にまみれてしまうではないか。

「どうも、お待たせいたしました」

余計な心配をしているところに、お妙が小ぶりの土鍋《どなべ》を手にやってきた。すでに熱されているらしく、布巾《ふきん》で把手《とって》を摑《つか》んでいる。

「鍋、ですか」

驚いた。秋刀魚というから塩焼きか竜田揚げでも出てくるのかと思っていた。

「まだ暑さが残っているからこそ、夏の疲れを取っていただこうかと」

土鍋を七厘に載せ、蓋《ふた》を取ると、湯気がむわりと湧き上がった。透明の汁の中で沸々《ふつふつ》と煮えているのは、秋刀魚のつみれと豆腐である。

「秋刀魚が出ると按摩《あんま》が引っ込む、と言うでしょう。秋刀魚にはそれだけ滋養があるんですよ」

そう言いながらお妙は斜め薄切りにした葱《ねぎ》と茗荷《みょうが》、それから京菜を鍋に入れた。

「あとはこちら。種からもお出汁《だし》が出るので、入れてしまいますね」

最後に千切って細かくした梅干しを載せ、ひと煮立ちしたら出来上がり。玉杓子《たまじゃくし》で椀《わん》に取り、膝元《ひざもと》に置かれた。

「さぁどうぞ、存分に」

お妙から渡されたのは、豆絞りの手拭いだ。存分に、汗をかけということだろう。

湯気を上げる椀を見下ろし、只次郎は躊躇《ためら》った。思ったより、食い出のあるものが出てきてしまった。はたして食べきれるのだろうか。

だが頼んでおいて食べないというのも、ひどい話だ。

「うん、旨い！」というご隠居の舌鼓に促され、箸を取った。

椀を手に持っただけでも手のひらから熱が伝わり、じわりと汗が滲み出てくる。鼻先をくすぐる湯気からは梅干しの酸味がほんのりと感じられ、丁寧にアクを取ったらしい汁にはきらきら光る脂の玉が浮いている。

旨そうだ。食欲がなくてもそう思う。椀に口をつけ、汁を軽く啜《すす》ってみる。

「ん～！」

勝手に頬の肉が盛り上がってきた。旨みが舌だけでなく、口の中いっぱいに染み渡ってゆく。梅干しの風味がじわりと後に残り、すぐさまもうひと口食べたくなった。

急《せ》かされたように、つみれを箸で摘《つ》まみ上げる。生姜《しょうが》と味噌を入れてねっとりと練り上げられており、火を通してもぱさつかない。さっと煮ただけの野菜類はしゃきしゃきとして、歯触りだけは涼しげだ。

只次郎は手拭いで月代《さかやき》をひと撫でし、首元を拭う。

いやはや、暑い。それでも食べるのをやめられない。できることなら人目をはばからず、諸肌《もろはだ》を脱いで掻き込みたい。

「お、お代わり！」

瞬く間に、椀に取り分けられたぶんを食べ尽くしていた。

金箔入りのぬるい吸い物などより、ずっと旨い。体の芯《しん》から活力が湧いてくる味だ。止まらぬ汗すら心地よい。

「おやまぁ、食い気が戻ったようだよ」

「このお人は、飯を旨そうに食べているときが一番ですねぇ」

お勝やご隠居の言葉を聞き流し、お妙がよそってくれた二杯目を吹き冷ます。なんといっても豆腐が熱い。舌先を焼きつつほふほふ食べる。

「はぁ、こりゃ旨い！」

もはやしたたる汗を拭いもせず、汁まで飲み干し、ようやく人心地ついた。

「締めは雑炊でもいいですが、手打ちの饂飩《うどん》も用意してありますよ」

「饂飩！　手打ち！」

梅の風味が滲んだ出汁に、もちもちの饂飩など旨いに違いない。食べきれるのだろうかという心配などすっかり忘れ、只次郎はお妙が打ったという饂飩を所望していた。

その前に、葉唐辛子の佃煮《つくだに》で酒を一杯。こちらもまた、味を感じられるようになっている。血の巡りがよくなったせいか、酔いが回るのが早い。

「はぁ、私はやっぱり、毎日お妙さんの料理を食べていたいなぁ」

素直な気持ちが、声になってぽろりとこぼれる。饂飩を茹《ゆ》でようと調理場に戻りかけていたお妙が、「えっ」とその場に足を止めた。

これではまるで、夫婦になりたいと言っているようなものだ。只次郎は腰を浮かせて苦し紛れの言い訳をする。

「あの、違うんです。深い意味ではなくて」

「そこはべつに、深い意味でもいいんじゃないかい？」

お勝がやれやれとばかりに小上がりに腰掛け、懐《ふところ》から煙管《きせる》を取り出す。首を振りつつ煙草《たばこ》を詰め、火をつけた。

「ちょっと、なにを言っているのよ、ねえさん」

お妙は微笑みを浮かべ、困惑をごまかそうとしている。なぜか当の只次郎よりも、焦っているように見えた。

どうしたのだろう。そう思ったときにはもう、尋ねていた。

「深い意味では、困りますか?」

お妙が目を見開く。困らせることは分かっていた。でもそうだ、縁談を受けるかどうか悩む前に、やらねばならぬことがあった。

押してすらいないと、お勝に言われるわけだ。どうせ振られると諦《あきら》めて、お妙にも告げていなかった。

ご隠居もお勝も聞いているが、もう知るものか。誰にどう思われていたって、自分はお妙が好きなのだ。

やけに乾く唇を湿らせてから、只次郎は口を開いた。

「お妙さん、私は——」

「おい、てぇへんだ、てぇへんだ!」

言いかけた声をかき消して、開きっぱなしの戸口から駆け込んでくる者があった。

「なんだい、今いいとこだってぇのに!」

振り向きざまに、お勝が怒鳴る。息を切らして立っていたのは、升川屋喜兵衛である。

「おいおい、なんでいきなり叱《しか》られなきゃなんねぇんだよ」

腑に落ちぬ。顔にそう大書して、升川屋は口先を尖らせた。

「もう一度、百ほど数えてから入って来てくれませんかねぇ」

「なんだよ、ご隠居まで。いったいなにをしてたってんだよ」

「いいえ、なにも。大変って、どうかなさったんですか？」

お妙はあからさまにほっとして、升川屋に先を促す。只次郎はすかさずその手を取った。

「聞いてください、私は——」

だがそれよりも、升川屋の声のほうが大きかった。

「そう、大変なんだよ！　さっき客先で聞いたんだけどよ、あの松平越中守《まつだいらえっちゅうのかみ》が、老中筆頭の任を解かれたんだとさ！」

「なんですって！」

松平越中守といえば、棄捐令《きえんれい》をはじめとした近年のご改革を推し進めていた方だ。

そして善助殺しの近江屋の、背後に控えていると目される人物でもあった。

聞けば老中筆頭どころではない。老中職そのものからも、退くことになったというではないか。これはもはや、只次郎の思いを打ち明けるどころではない。

「よかったなぁ、お妙さん。悪者は追いやられちまったぜ。因果応報ってやつだな、こりゃあ」

升川屋は邪気なく喜び、「よぉし、酒だ、酒だ！」と祝杯を挙げるつもりでいる。だがお妙の顔色は、どんどん白くなってゆく。

「待ってください。追いやられたって、誰にですか」

その疑問は、只次郎の胸にもあった。対立していた田沼派は、根こそぎ追放してしまったはず。向かうところ敵なしと思われたのに、老中となってまだ五、六年ではないか。

「いや、そんなこたぁ知らねぇよ」

それもそうだ。いかに大店の主《あるじ》とはいえ、老中失脚のわけまで摑んではいまい。

だが、知っていそうな者がいる。

酔い加減はすっかり吹き飛んだ。只次郎は土間に飛び下り、草履《ぞうり》を突っかけると袴《はかま》の股立《ももだ》ちを取った。

「近江屋さんを呼んできます！」

深川木場《きば》まで、ひとっ走り。言うが早いか、駆けだしていた。

とっぷりと日が暮れてから、只次郎は近江屋を伴い『ぜんや』に戻った。提灯《ちょうちん》を手に先導してきたのは、用心棒の草間重蔵である。往復に一刻《いっとき》（二時間）はかかったが、ご隠居も升川屋も帰らずに待っていた。

「まったくもう、なんだってんですか。今月の飯はもう食べたじゃないですか」

用向きは道中伝えておいたのに、近江屋はそんなことを言ってふて腐れている。善助殺しの罰として科された月に一度の飯の日以外は、『ぜんや』に足を踏み入れたくはないらしい。

「ご足労ありがとうございます。ちなみに、夕餉《ゆうげ》はお済みですか？」

分かっているくせに、ご隠居が当て擦りを言う。近江屋は「ひっ！」と頬を引きつらせた。

お妙が手の指を揃《そろ》え、床几を示す。

「どうぞ、お掛けになってください。麦湯でも飲みますか？」

「いいえ、結構！　なにも飲み食いはいたしません！」

近江屋は手と首を同時に振り、座ろうともしなかった。さっさと用件を済ませて帰りたいのだ。親しくつき合っていた升川屋が、取りなすように間に入った。

「だったらさくさくと喋《しゃべ》っておくれよ、近江屋さん。老中筆頭の件なんだとさ」

「さすがに早耳ですね」

近江屋の耳にもすでに入っていたのだろう。後ろ盾が失脚したというのに、平然としている。

これは、もしかして——。

「近江屋さんの背後にいらっしゃるのは、その方ではなかったのですか？」

そう尋ねたのはお妙だった。胸の前で、両手を強く握り合わせている。

近江屋は、返事を言葉にはしなかった。ただ、口元を歪《ゆが》めて笑っただけだ。

「お主、嘘《うそ》をついていたか！」

背後に控えていた重蔵が、長刀の鯉口《こいぐち》を切った。

「いいえ、私はなにも言っておりませんよ。あなたたちがそう思い込んだだけでしょうに」

たしかにそうだった。近江屋が越中守の名を出したわけではない。反田沼派の最たる者ということで、自分たちが勝手に思い込んだのだ。

「ならば今度こそ、誰と結託しているのか教えてもらおう」

重蔵はまだ、いつでも抜けるように構えている。背後から殺気を浴びてもなお、近江屋は動じなかった。

「言えるわけがないでしょう。斬《き》るならどうぞ。私も少しは肝が据わりました」

「喋る気がないなら、牢屋敷《ろうやしき》で取り調べを――」

「だから、牢屋敷に入ったとたんに殺されますって。どちらにせよ真相は分からずじまいになりますよ」

牢役人など少し鼻薬を嗅がせてやれば、いかようにもできるのだ。近江屋は、最悪の場合をも覚悟している。

「口を割る気はないと？」

「ええ。ですがどのみち、手の届かぬお人ですよ。もはや地位も盤石でしょうし、あなた方のことなど歯牙《しが》にもかけておらんでしょう。正体など知らぬほうが、むしろ安全かと」

近江屋の言うことには、一理あった。黒幕と見られるその人物は政敵を追い落とし、もはや憂慮すべきこともなかろう。下手に突《つつ》かぬほうが、賢明ではある。

只次郎はお妙の顔色を窺《うかが》った。お妙は気丈にも、近江屋を真正面から見据えている。憎くてたまらない相手を前にして、気を落ち着かせるように息を吐く。

「分かりました。ひとまず越中守様が無関係と分かっただけ、よしとします」

真実よりも、日々の平穏。そう判断したらしい。厳しい追及から逃れ、近江屋も軽く頬を緩めた。

「帰っても？」

「はい。なにも召し上がらないのであれば」

「はっ」と鼻を鳴らし、身を翻す。刀の柄《つか》を握ったままの重蔵を一瞥《いちべつ》すると、近江屋は戸口に向かって歩きだした。

「いつまで構えているんですか。帰りますよ」

重蔵は刀から手を離し、背筋を伸ばす。お妙に向かって一礼してから、近江屋の後を追った。

すれ違いざまに、肩を叩かれる。低い声が耳元で、「頼んだぞ」と囁《ささや》いた。

五

チチチと、餌をねだる声に急かされ擂《す》り鉢《ばち》を使う。

明けて翌朝、只次郎は『ぜんや』の内所で鶯たちの朝餉《あさげ》作りに励んでいた。

青菜を丹念に擂り潰し、鮒粉《ふなこ》を入れて練り上げてゆく。とやに備えて今のうちに滋養をつけさせてやろうと、えびづる虫も加えてやる。

すり餌《え》の青臭さを打ち消すように、階下から出汁の香りが漂ってきた。こちらは只次郎たちの朝餉であろう。たちまち胃の腑が切なくなる。

昨日は近江屋が帰ってから、他に客がいないのをいいことに、お妙は店を早仕舞いにした。ご隠居や升川屋が伝手を頼って探らせようと申し出ても、危ない橋は渡らないほうがいいと首を振った。

「あの近江屋さんが名前を言えないほどの方です。私はもう、誰のことも失いたくありません」

善助に、鶯の糞買いであった又三。下手に動けば彼らのように、誰かが命を落とすことにもなりかねない。お妙はなにより、それを恐れているのだった。

「ごめんなさい、ねえさん。ずっと本当のことを知りたいと思ってきたけれど、もうこれ以上――」

善助は、お勝の実の弟でもある。真相を突き止めるより、身辺の安全を取ったことをお妙は詫《わ》びた。

「なぁに、いいんだよ。アタシだってそうする。生きている者が恙《つつが》なく暮らしていけりゃ、それがなによりさ」

それから冷めてしまった鍋の出汁を温め直し、皆で饂飩を食べた。この饂飩のように長くコシの強い人生でありますようにという、まるで験担ぎのようだった。

「旨いねぇ」

「ああ、旨いです」

「皆、長生きしようねぇ」

「心配しなくても、お勝さんは百まで生きますよ。いててて！」

軽口を叩くと、お勝にめいっぱい耳を引っ張られた。お決まりの遣《や》り取《と》りに、お妙はようやく頬をほころばせる。まだまだここでやるべきことがあると、只次郎は思った。

　餌を待ちきれず、ルリオがひときわ高く鳴く。

「はいはい、分かっているよ。ほら、お食べ」

すり餌を盛った餌《え》猪口《ちょこ》を、籠《こ》桶《おけ》の中に入れてやる。ルリオは止まり木の上を「チチチ」と鳴いて移動し、勢いよく食べはじめた。ルリオもハリオも、春先から初夏まで「ホーホケキョ」と美声を響かせていたのが嘘のように、恋の季節が過ぎれば歌を忘れてしまう。機を逸した只次郎もまた、お妙に想いを告げられぬままだ。

だけど私はやっぱり、道化でいいからあの人の傍にいたいのだ。

重蔵にも、「お妙さんを頼む」と託された。去り際の囁きには、なにを悩んでいるのだと横面を張られた心地がした。

朝餉を食べたら、三河屋へ行こう。ありがたい話だがこの縁談は受けられぬと、はっきり断るのだ。三河屋とはしばらくぎくしゃくするかもしれないが、せめて味噌玉の案などは、そっくりそのまま渡してしまおう。

この期に及んでもまだ、出店を諦めるのが惜しいという気持ちはある。だがいずれ店くらい、持ちたくなったら自分で出してやる。

そう割り切ってしまうと、やけにすっきりした。久しぶりに、よく眠れた気がする。

お浜には申し訳ないが、あの娘ならもっと相応《ふさわ》しい男がいるはずだ。

そんなことを考えつつ、鶯たちに朝餉をやり終えた。使った擂り鉢などを洗いに行こうと、立ち上がりかける。と、襖《ふすま》の向こうに人の気配を感じ、只次郎は中腰のまま様子を窺った。

「あの、林様」

お妙の声だ。

「はい、なんでしょう」

応じると、遠慮がちに襖が開いた。まだ化粧をしていない、お妙のあどけない素顔が覗く。

朝餉ができたと呼びに来たのかと思いきや、どうも様子がおかしい。眼差しに、戸惑いが滲んでいる。

「どうしました？」

昨日の今日で、なにかよからぬことでも起こったか。只次郎はとっさに、脇《わき》に置いてあった長刀を摑んだ。

「お客様です。また、三河屋さんが」

「えっ、こんなに早く？」

明け六つ（午前六時）の鐘を聞いてしばらく経《た》つが、まだ半にはなっていないのではあるまいか。連日の訪問に、なにやら不穏なものを感じる。

だが、まぁいい。どうせこちらから赴くつもりだったのだ。

「分かりました」と応じ、只次郎はお妙に続いて店へと下りた。

「いやぁ、朝も早くにすみませんねぇ。できるだけ早く、お知らせしといたほうがいいかと思いまして」

朝一番であろうと三河屋は、酒焼けしたような赤黒い顔を光らせている。にこにこしながら首の後ろを掻いており、やけに機嫌がよさそうだ。

お浜との縁談で、さらに只次郎の利になりそうな事柄が持ち上がったのだろうか。だがこちらはもう、なにがあろうと断ると決めている。

「私も、三河屋さんにお話があります」

「おや、それはお浜の件で？」

「ええ、そうです」

他になにがあるというのだろう。頷き返すと三河屋は、微笑みながらも眉《まゆ》を八の字にしてみせた。

「それについちゃ、謝らなきゃいけないんです。実はこの度、お浜の縁談が決まりまして」

「は？」

「えっ！」

仰天した声が重なった。調理場で麦湯の支度をしていたお妙も、目を丸くしてこちらを見ている。

「うちの番頭と一緒になるってことで、昨日の夜にまとまったんです」

それはいったい、どういうことだ。両国まで三河屋の出店となる家を見に行ったのが、昨日の朝のことではないか。

「打ち明けてしまいますとね、私は前々からお浜の婿に、うちの番頭をと考えていたんですよ。でもこれが奥手な男でねぇ。お浜のことを憎からず思ってるのは丸分かりなのに、駆け落ち騒ぎのときも見逃しやがったんです」

番頭はたまたま、女中の着物を着て出てゆくお浜を見かけたそうだ。それでも好いた男と一緒になれるのならと、呼び止めもしなかった。おかげでお浜は危うく内藤新《ないとうしん》宿《じゅく》に売られるところだったのだから、三河屋としては婿入りの話を持ちかけるのも業腹になってしまったわけだ。

「そこでほら、お浜が林様を好きになってくれたもんで。またなにも言わないつもりかと思っていましたら、さすがに返事をふた月も先延ばしにされているのを見かねたようです。ようやっと、『私がお浜さんを幸せにします』と言ってきましたよ」

「はぁ」

相槌《あいづち》が、ため息のようになってしまった。

「つまり私は、たんなる誘い水であったと？」

「いえいえ、林様とまとまるなら、それもいいと思っておりましたよ」

ならば、どちらに転んでもいいようにしてあったのか。三河屋が返事を急かさなかったわけが腑に落ちた。番頭にも、考える猶予を与えてやっていたのだ。してやられた。真面目《まじめ》に悩んでいたのはなんだったのかと、只次郎は額を押さえる。

「でも待ってください。お浜さんは、まだ林様をお好きなんじゃ？」

お妙が前掛けで手を拭《ふ》きつつ、調理場から出てきた。湯呑《ゆの》みに注《つ》いだ麦湯のことは、すっかり忘れているようである。

「そこはほら、女の心は猫の目よりも変わりやすいってね。番頭の心向きを伝えてやったら、舞い上がっちまいまして。林様はもういいそうです」

よかった。と、安堵《あんど》していいのやら。突然手の裏を返されて、胸にくすぶるものがある。

「でもま、うら若き娘をふた月も放《ほ》ったらかしにしていたんですから、文句はございませんでしょう？」

三河屋が、有無を言わさぬ笑顔で迫ってきた。それを言われると、こちらも弱い。

「ええ、ございません」

只次郎は身を逸《そ》らしつつ頷く。

「ああ、よかった。で、林様のお話とは？」

大仰に胸を撫で下ろしてみせる三河屋は、只次郎の用向きなどとっくに察しているはずだ。それでもわざとらしく尋ねてくる。

「いいえ、私のはもういいです」

「そうですか。じゃ、これから結納に向けて忙しくなりますので、私はこれで」

軽く目礼をすると、三河屋はいそいそと立ち上がる。両国のあの家はそのまま、番頭とお浜の住まいとなるのだろう。結納どころか出店の準備まであるのだから、この先は大童《おおわらわ》である。

「あ、待ってください」

表の板戸を開けて帰ろうとする三河屋を、慌てて呼び止めた。

三河屋は怪訝《けげん》そうに振り返る。

「このたびは、おめでとうございます」

内心まだこんぐらかってはいるが、その言葉に嘘はない。お浜には、幸せになってもらいたいものだ。

「どうも、ありがとうございます」

只次郎の祝辞に応じ、三河屋は親の顔をして笑った。

三河屋を見送ってから、お妙と二人残されて、只次郎は居心地の悪さを感じていた。

「その、なんと言っていいのか――」

お妙から、同情の眼差しが注がれている。気落ちしていると思われたか、腫《は》れ物《もの》にでも触るような扱いである。

「いえ、そんな、お気遣いなく。私からも、お断りしようと思っていたところだったので」

慌てて取り繕ったはいいが、なんだか負け惜しみのようになってしまった。お妙の痛ましげな面持ちに変化はない。

「そうですか」

「や、本当ですよ。だってほら、三河屋さんがなんだか怖いし」

「それは、たしかに」

獲物を逃すまいとばかりに罠《わな》を張り巡らし、じわじわと断れぬ方向へ追い詰めてゆく。あの手腕を間近に見られただけでも、後学のためにはなった。あのまま婿入りしていたら、三河屋には一生頭が上がらなかったに違いない。

「お妙さんのご迷惑でなければ、私はまだまだここにいますよ」

「そんな。迷惑では――」

お妙はやけに歯切れが悪い。言葉にして伝えることはできなかったが、只次郎の想いはきっと言外に伝わっている。だからこそ、升川屋が割り込んできたあのとき、ほっとした表情を見せたのだ。

「迷惑でないなら、よかった」

それならばこれから先は、もっと図太く接してゆこう。気持ちがばれているのなら、取り繕う必要もあるまい。

「ああ、それにしても憂鬱《ゆううつ》だなぁ。これってご隠居さんやお勝さんには、散々からかわれるんでしょうねぇ」

只次郎は床几に座り、天を仰いだ。あの二人のことだから、きっと遠慮会釈もない。本当に、気が重い。

「でもまぁ、いいか。振られたのが私なら、笑われるだけですしね」

お浜を傷つけずに済んだのなら、それがなによりだ。そう思うと、ようやく胸のつかえが取れた。

「ふふふ」と、お妙が肩を揺らして笑っている。

「ひどいなぁ、お妙さんまで」

「すみません。なんだか込み上げてきてしまって」

両手で口元を覆い、眉を下げる。その仕草が愛らしく、こちらも頬が持ち上がる。

「んもう、いいですよ。それより腹が減りました」

まるで狙《ねら》いすましたように、腹の虫がキュウと鳴る。

お妙が満面に笑みを広げ、「ええ、朝餉にしましょう」と頷いた。

「春告げ鳥」「授かり物」「半夏生」「遠雷」は、ランティエ二〇一九年五月～八月号に掲載された作品に、修正を加えたものです。

「秋の風」は書き下ろしです。

時代小説文庫
さ 19-9

ふうふうつみれ鍋《なべ》 居酒屋《いざかや》ぜんや

著者　坂《さか》井《い》希《き》久《く》子《こ》

2019年 9月18日第一刷発行

発行者　角川春樹

発行所　株式会社 角川春樹事務所
〒102-0074 東京都千代田区九段南2-1-30 イタリア文化会館

電話　03(3263)5247［編集］ 03(3263)5881［営業］

印刷・製本　中央精版印刷株式会社

フォーマット・デザイン＆シンボルマーク　芦澤泰偉

ISBN978-4-7584-4289-3 C0193

http://www.kadokawaharuki.co.jp/［営業］
fanmail@kadokawaharuki.co.jp［編集］ ご意見・ご感想をお寄せください。

坂井希久子の本

ほかほか蕗《ふき》ご飯
居酒屋ぜんや

美声を放つ鶯を育てて生計を立てている、貧乏旗本の次男坊・林只次郎。ある日暖簾をくぐった居酒屋で、女将・お妙の笑顔と素朴な絶品料理に一目惚れ。美味しい料理と癒しに満ちた連作時代小説第一巻。（解説・上田秀人）

ふんわり穴子天
居酒屋ぜんや

只次郎は大店の主人たちとお妙が作った花見弁当を囲み、至福のときを堪能する。しかし、あちこちからお妙に忍びよる男の影が心配で……。彩り豊かな料理が数々登場する傑作人情小説第二巻。（解説・新井見枝香）

時代小説文庫
ハルキ文庫

坂井希久子の本

つるつる鮎《あゆ》そうめん

居酒屋ぜんや

山王祭に賑わう江戸。出門を禁じられている武家人の只次郎は、甥・乙松が高熱を出し、町人に扮して急ぎ医者を呼びに走ることに。帰り道「ぜんや」に寄ると、お妙に〝食欲がないときにいいもの〟を手渡される。体に良い食の知恵が詰まった第五巻。

あったかけんちん汁

居酒屋ぜんや

お妙は夫・善助の死についてある疑念にとらわれ、眠れない夜が続いていた。そんななか、菱屋のご隠居の炉開きで懐石料理を頼まれる。客をおもてなししたいというご隠居の想いを汲んだお妙は料理に腕をふるう。優しい絆に心あたたまる第六巻。